Silvana E. Schneider

Zerzaustes Fell und Honigaugen

Ein Hundemädchen kämpft sich durch

Viel Freude
beim Lesen
wünschen
Silvana &

Titel/Zerzaustes Fell und Honigaugen

Verlag und Druck/Boré Youcanprint

Autor/Silvana E. Schneider

ISBN/978-39-89230-98-9

„Drei Namen gaben sie mir im Laufe meines Lebens. Lasst euch davon nicht verwirren. So kann es eben gehen, wenn man auf einem kleinen rumänischen Bauernhof knapp dem Tode entrinnt.

Aber ich bekam auch etliche Kosenamen … Also, zieht keine falschen Schlüsse und lest am besten selbst, was ich so alles erlebt habe …“

Ich Miere, Rapa, Honey

EINS

Rumänien. Ein kleiner Weiler in der kargen, einsamen Gegend nahe den Karpaten.

Sie war eine Schönheit. Aber man ahnte es mehr, als es zu sehen. Zu verfilzt war ihr schwarzweißes Fell, das ursprünglich wunderbar geglänzt hatte. Auf einer Seite des Halses schimmerte bereits die Haut durch, das Fell war weggescheuert von dem dicken Lederhalsband, an dem die schwere Kette hing. Und doch erzählten ihre bernsteinfarbenen Augen von Stolz und Mut, sie schien ungebrochen.

Der Bauer vermied es, ihr in die Augen zu sehen, er war von ihrem Blick, der so gar nicht seiner Vorstellung von einem Hundeblick entsprach, unangenehm berührt. Meistens stellte ihr die Bäuerin die Schüssel mit den Essensresten hin. War sie sicher, dass der Bauer nicht schaute, strich sie Gita sanft über den Kopf und flüsterte: »Na, du Süße. Wir zwei, was?«

So auch heute. Sie schob Gita die gut gefüllte Futterschüssel hin, ging in die Hocke und streichelte ihr zärtlich den Rücken. Aufmerksam betrachtete sie den Bauch der Hündin. »Wird nicht mehr lange dauern, dann sieht man es deutlich«, murmelte sie. »Der Bauer wird schimpfen, das kann ich dir sagen.« Sie wackelte mit ihrem Kopf, nickte, wie um sich ihre eigenen Gedanken zu bestätigen, und schien zu überlegen.

Gita hielt still, sie genoss die zärtlichen Berührungen der vertrauten Hand. Spürte, nein wusste, dass die Bäuerin es gut mit ihr meinte. Ja, sie waren Leidensgenossinnen, irgendwie. Beide an Haus und Hof gefesselt, der sie mehr schlecht als recht ernährte. Ohne Aussicht auf Besserung lebten sie schon viele Jahre hier zusammen.

Die Armut macht die Menschen hart, dachte Gita. *Aber mich mag die Bäuerin, das ist mein Glück. Dabei müsste sie gar nicht für mich sorgen. Käme ich bloß von dieser Kette los, ich könnte mich selbst viel besser ernähren. Die leckersten Brocken würde ich mir holen, im Anschleichen bin ich unschlagbar.*

»Wenn ich nur wüsste, wer dich besucht hat, ttt«, machte die Bäuerin, während sie vorsichtig, als hätte sie ein rohes Ei vor sich, über Gitas Bauch strich.

Tja, wer wird mich schon besucht haben. Gita sah ihn vor sich. Den kleinen, aber selbstbewussten Rüden vom Nachbarbauern. Die ersten Male hatte sie ihn vertrieben. Doch eines

Tages kam er mit einem Geschenk zu ihr. Er legte einen Hühnerknochen in den Hof und wartete unterwürfig in sicherer Entfernung. Irgendwann verlor sie die Beherrschung. Das Wasser lief ihr im Maul zusammen, als sie nach vorne schoss und sich den Knochen schnappte. Der Rüde quittierte es schwanzwedelnd und traute sich ab da bei jedem Besuch ein wenig näher an seine Auserwählte heran.

Gita hatte sich an diese Besuche gewöhnt, ja sie wartete auf den kleinen Braunen. Zwischenzeitlich gefiel er ihr gut. Sein selbstbewusster Gang faszinierte sie. Zudem war er eine willkommene Abwechslung, denn viel zu bewachen gab es hier in dieser Einöde nicht.

Dumm war nur, wenn der Bauer Gitas Verehrer entdeckte. Dann jagte er ihn mit lautem Geschimpfe und bösen Flüchen vom Hof. Seit er ihm beim letzten Besuch sogar einen Knüppel nachgeworfen hatte, ließ der Braune sich nicht mehr sehen.

Nicht nur Gita, auch die Bäuerin bedauerte das sehr, denn sie ahnte, dass das wohl der einzige Hundefreund in Gitas Leben bleiben würde.

Das Meckern einer Ziege riss die Bäuerin aus ihren Gedanken. Ächzend stand sie auf und machte sich Richtung Ziegengatter davon.

Die Wochen verstrichen und irgendwann war es so weit: Gita warf vier Welpen.

Unglücklicherweise war die Bäuerin mit den Ziegen beschäftigt, aber der Bauer bemerkte es sofort. Er fluchte vor sich hin, nahm den Knüppel und verschwand mit einem Welpen hinter dem Haus. Kurze Zeit später griff er sich den zweiten Welpen. Jetzt gab es für Gita kein Halten mehr, sie bellte verzweifelt einen Hilferuf nach dem anderen.

Die Bäuerin lief herbei, so schnell sie konnte. Gerade als der Bauer nach dem dritten Welpen greifen wollte, fiel sie ihm in den Arm.

»Nein«, schrie sie, außer sich vor Entrüstung. »Das darfst du nicht, es sind Gitas Welpen.«

Der Bauer schüttelte ihre Hand ab. »Und wer soll die ernähren, was, wie?«, schrie er zurück. »Willst du, dass wir noch weniger zu beißen haben? Als gäbe es nicht genug überflüssige Hunde in diesem Land.«

»Vielleicht nimmt sie ja irgendwer«, entgegnete die Bäuerin.

»Irgendwer. Ja, wer denn, Frau!? Meinst du etwa, ich mache das gerne? Kein Mensch hier will Hunde, es gibt einfach zu viele. Ich erspare ihnen nur ein elendes Leben.«

(Tatsächlich hat Rumänien sehr große Probleme mit Straßenhunden. Es gibt viel zu viele. Sie leben wild auf den Straßen, sind unterernährt und oft krank.

Zwar hat das Land selbst versucht, mit dem Problem fertig zu werden, indem es diese Hunde einfangen ließ, um sie in Tierheimen unterzubringen. Jedoch sind auch diese Heime heillos überfüllt und die Tiere dort meist Wind und Wetter ausgesetzt, was nicht alle überleben. Tierschützer und Helfer tun unermüdlich, was sie können, um die Tiere durchzubringen und weiterzuvermitteln. Aber leider gelingt das nicht immer.)

Die Bäuerin stellte sich mit ausgebreiteten Armen vor den Eingang zur Hundehütte.

»Geh da weg, Frau«, sagte der Bauer, nun schon etwas ruhigcr.

Sie schüttelte langsam den Kopf, eine Träne fiel auf ihr Schürzenkleid.

Der Bauer sah es, sagte aber nichts. Er schaute sie lange an, ehe er seufzend wegging.

Erleichtert krabbelte die Frau zu Gita und ihrem Nachwuchs hinein. Beide Welpen saugten an ihrer Mutter. Die Bäuerin lächelte schniefend: »Was du für schöne Kinder hast, meine Gita. Sind so schön wie du.« Sachte strich sie mit Stroh über das feuchte Fell der Kleinen. Wieder liefen Tränen, diesmal vor Glück. Denn so gut kannte sie ihren Mann, wenn er sie gewähren ließ, bedeutete das grundsätzlich Zustimmung - wortlos. Also hatte er sich wohl durchgerungen, ihnen diese zwei Welpen zu lassen. Und sie wollte glauben, dass das, was er einmal entschieden hatte, für immer galt.

Gitas Nachwuchs war sehr hungrig. Einträchtig lagen die Winzlinge nebeneinander und trippelten mit ihren kleinen Pfötchen gegen den Bauch ihrer Mutter: ein Junge und ein Mädchen (das hatte die Bäuerin schon erkundet). Der Junge war braun mit einer schwarzen Schwanzspitze, während das Mädchen ganz nach Gita kam. Sie war schwarzweiß, hatte den schmalen Kopf der Mutter und deren Feingliedrigkeit. Auch schien sie ein klein wenig größer zu sein als ihr Bruder, der wohl mehr nach dem Vater schlug.

Der Bauer ignorierte die Welpen. Versorgt von der Bäuerin - die sich lieber Essen vom Munde abgezweigt hätte, als ihre Hundemutter hungern zu lassen - verbrachte Gita mit ihren Kindern nun die besten Wochen in ihrem Leben als Kettenhündin.

Schon bald hatte die Bäuerin Namen für ihre Schützlinge gefunden. Das Mädchen hatte die braunen Augen von Gita, nur etwas heller, weshalb sie ihr den Namen Miere gab, das heißt auf Rumänisch Honig. Der Bub war einfach Maro (für Brauner).

Es dauerte gar nicht lange, da waren die beiden abenteuerlustig unterwegs. Maro immer hinter Miere her, denn er war etwas langsam und tollpatschig und Miere hatte schnell gemerkt, dass sie auf ihn aufpassen musste. Täglich wagte sie sich weiter weg von der Hundehütte und so blieb es nicht aus, dass sie eines Tages, mit Maro im Schlepptau, aus der Reichweite von Gitas Kettenradius geriet.

Miere wollte unbedingt zu den Ziegen. Die hatten schon oft ihre Köpfe über den niederen baufälligen Zaun ihres Gatters gereckt. Nachwuchs von Gita - das war ja eine Sensation.

»Da schau her«, meckerte die frechste Ziege, »die beiden sind Gita schon entkommen, ist wohl eingeschlummert die Gute. Ha, einen Sack Flöhe hüten ist da sicher einfacher.«

Eine andere drängte sich vor: »Na, der kleine Braune da sieht mir nicht nach erster Wahl aus.« Alle Ziegen stimmten in großes Lachgemecker ein. »Ob der das erste Jahr überlebt? Da habe ich so meine Bedenken.«

Das war zu viel für Miere. Ihr stellten sich die Rückenhaare auf, ihre Augen funkelten und ein Knurren, das sie selbst überraschte, kam aus der kleinen Kehle. Mit einem Satz sprang sie so unvermittelt am Zaun hoch, dass die Ziegen erschraken. Obwohl sie weder groß noch schwer war, hatte der Zorn in ihr erstaunliche Kräfte geweckt. Ja der alte Zaun bog sich sogar ein wenig den Ziegen entgegen.

»Na, na, na«, sagte Trude, sie war die älteste der Ziegen, »nun mal langsam mit den jungen ... äh, Hunden.«

Miere hob selbstbewusst das Köpfchen. »Mein kleiner Bruder steht unter meinem Schutz. Wer fies zu ihm ist, der hat mit mir zu rechnen. Ja, so ist das. Merkt euch das.«

»Ist ja gut, kleine Miere«, lenkte Trude ein. »War nicht böse gemeint. Wir sind doch selbst froh, dass Gita endlich Mutter sein darf.« Damit wandte sie sich an die anderen Ziegen: »Was Mädels, freuen wir uns mit Gita oder nicht?« Ein zustimmendes Gemecker brach los, die Ziegen konnten sich kaum beruhigen.

»Dann seid freundlich - auch zu Maro«, sagte Miere. »Er wird, genau wie ich, alle hier auf dem Hof und also auch euch eines Tages beschützen, denn wir werden bald groß und stark sein. Daran denkt immer.«

Sie stupste Maro an, der die ganze Zeit mit offenem Maul bewundernd neben seiner Schwester gestanden hatte. »Jetzt komm, Kleiner, wir müssen zurück, sonst kriegen wir Ärger.« Damit liefen sie davon. Miere stolz voraus und Maro hechelnd hinter ihr her.

»Na, da wächst eine heran«, meckerte Trude und schüttelte gutmütig den Kopf. »Wenn das mal gutgeht.«

So gingen die Wochen ins Land mit Streicheleinheiten durch die Bäuerin, Exkursionen über die Felder und Wiesen nahe am Bauernhof und kleinen Kabbeleien mit den Ziegen.

Miere und Maro wähnten sich glücklich. Sie glaubten, es ginge hier stets so weiter. Hätte Miere nicht eines Tages zufällig ein Gespräch belauscht zwischen Bauer und Bäuerin, so wären sie gewiss noch lange Zeit unbesorgt auf dem Bauernhof umhergestrolcht.

Zwar war der Frühsommer warm, doch blies immer ein frischer Wind, der das Gras austrocknete. Hielt erst die Trockenheit länger an, verlor auch der Boden rasch an Feuchtigkeit. Der Bauer hatte den Buchweizen eben erst ausgesät und sorgte sich nun wegen des trockenen Bodens. Missmutig lehnte er im

Rahmen der Haustüre und schaute seiner Frau zu, die auf der alten Holzbank saß und schrumpelige kleine Äpfel schälte.

»Der Buchweizen ist zwar nicht empfindlich, aber wenn es nicht bald regnet ...« Das war so seine Eigenart - er schnitt gerne Sätze an und hörte mittendrin einfach zu reden auf. Aber weil er eh nicht viel sprach, war es der Bäuerin nur recht. Sie wusste sowieso meistens, was er meinte.

»Jetzt sorg dich nicht gleich, das wird schon bald regnen. Wahrscheinlich mehr als wir brauchen, war bisher immer so.«

Er schüttelte den Kopf. »Wenn es nicht regnet, war das Aussäen nutzlos. Ich mag's nicht, wenn was nutzlos ist oder umsonst. Nix ist umsonst auf der Welt. Gar nix.« Während er sich mit der einen Hand am Kopf kratzte, deutete er mit der anderen zur Hundehütte. »Wozu sind jetzt die ...?«

Die Bäuerin wurde unruhig. Dass er plötzlich auf die Hunde zu sprechen kam, verhieß nichts Gutes. Sie sah ihn fragend an.

Er machte eine wegwerfende Handbewegung. »Na, nun haben wir sie durchgefüttert die Bälger und ... Die eignen sich nicht mal für die Kette - statt Gita ... irgendwann. Zu klein ...«

Das leichte Ziehen in der Herzgegend, an dem die Bäuerin in der letzten Zeit litt, verstärkte sich, ihr wurde übel. Natürlich hatte sie insgeheim befürchtet, dass er das doch noch fragen könnte - aber sie hatte diesen Gedanken weit von sich geschoben, konnte ihn nicht ertragen. Hatte sie gar gehofft, der Bauer würde sich ändern, womöglich an den kleinen Hunden Gefallen finden, wurde sie nun bitter enttäuscht. Wortlos stand sie auf und trug ihre Schüssel am Bauern vorbei ins Haus hinein.

Gita tat, als hätte sie nichts gehört, aber Miere, die aufmerksam gelauscht hatte, schaute besorgt nach Maro. Der schlief, zum Glück. Eingerollt wie eine Schnecke, fest an seine Mutter gekuschelt, wirkte er fast winzig.

Hoffentlich wird der bald kräftiger, dachte Miere.

Das eben Gehörte musste sie erst verdauen. So war das also. Sie beide waren hier eine Last, das hatte der Bauer gemeint. Eine Last. Nicht zu gebrauchen, überflüssig, zu nichts nütze. Sie waren umsonst durchgefüttert worden. Nicht einmal für die Kette geeignet.

Aber Miere hatte nie an die Kette gewollt. Sie hatte nicht verstanden, was das sollte. Und warum gerade ihre kluge mutige Mutter an einer Kette leben musste. Aber das war eben so, sie hatten es nicht anders gekannt. Scheinbar war man dann nicht *nutzlos*, wie der Bauer das sagte.

In dieser Nacht schlief Miere schlecht. Immer wieder träumte sie, an der Kette zu liegen. An einer Kette, die viel zu groß und zu schwer war und an der sie sich kaum richtig bewegen konnte.

Noch vor Gita wurde sie wach, schnupperte: Wieder kein Regen, der Tag würde noch trockener werden und der Bauer wäre noch schlechter gelaunt.

Langsam legte sie ihren Kopf auf die Pfoten, sie hatte einen schwerwiegenden Gedanken im Kopf - wo der nur herkam? Er machte sich wichtig. LAUF WEG. GEH FORT. Nein, das konnte sie doch nicht machen. LAUF WEG, GEH FORT. Weggehen? Wohin denn? Sie kannte nur diesen Hof, die Wiese und ... ja, nicht einmal am Ende des Feldes da hinten waren sie bisher gewesen, weil Gita sie immer ermahnt hatte, bloß nicht zu weit wegzulaufen. Gita. Sie sollte Gita allein lassen? Die war stark, das wusste sie, aber was war mit Maro, dem kleinen Maro. Ihn konnte sie unmöglich zurücklassen. Langsam ging sie nach draußen, streckte sich, schaute in den Himmel.

Bestimmt gibt es noch mehr zu sehen als das hier. Viel mehr ..., dachte sie.

Also weggehen, fort von hier, in die Welt hinaus. Niemand durfte etwas merken, das war ihr klar. Nicht auffallen, bloß nicht. Nur das machen, was sie sonst auch machten - herumstrolchen.

Sie weckte Maro und beide spazierten - wie stets ermahnt von Gita - in Richtung Ziegenstall. Dort erwarteten sie freudig meckernd die Ziegen, mit denen sie herumalberten wie immer, um dann unbehelligt weiterzuziehen.

»Was meinst du, Maro. Wollen wir mal ganz ans Ende vom Feld gehen, ich hätte große Lust dazu?«, flüsterte sie ihrem Bruder zu.

Maro schaute fragend, hechelte erfreut und rannte los.

»Warte doch, du kleiner Dummkopf«, rief sie, »nicht so schnell.«

Sie sausten um die Wette. Obwohl Miere viel schneller rennen konnte als ihr Bruder, ließ sie ihn hin und wieder gewinnen. Sie mochte es, wie er sich freute. Er warf sich auf den Rücken und wand sich vor Wohlsein wie ein Regenwurm. Dabei fiel ihm seine etwas zu lange Zunge seitlich heraus, das sah einfach zu komisch aus und Miere kriegte sich vor Lachen kaum ein.

Während sie selbst lustvoll mit der Schnauze durch die Erde pflügte, stieg ein unwiderstehlicher Geruch auf. Eine Maus! Da war tatsächlich eine Maus unterwegs. Das musste Miere nicht lernen. Sofort war sie im Jagdmodus. Ihr Körper pumpte Adrenalin ins Blut, alle Sinne stellten sich auf Jagd ein. Schwupp war die Maus im Maul. Zwar hatte sie schon einige Mäuse beim Ziegenstall vorbei huschen sehen, so eine selbst erjagte Beute war aber doch etwas ganz anderes. Sie kaute und sabberte, leckte sich die Lefzen nach dem Happen, ihre Brust schwoll stolz an.

Nun erst sah sie Maro. Er stand da mit offenem Maul und staunte, staunte über seine große Schwester, schaute schließlich traurig und setzte sich vor sie hin.

»War die gut? Hat sie geschmeckt?«, fragte er schüchtern.

»Ich zeige dir, wie das geht.« Sie erschnupperte eine neue Mäuseduftspur, pflügte durch die Erde, oder sprang von oben auf einen bestimmten Punkt. Wieder und wieder von Neuem, eine Spur nach der anderen verfolgte sie. Maro immer hinter ihr her. Stunde um Stunde verging. Wo sie schnüffelte, versuchte auch er sein Glück, übte sich im Springen und durchwühlte die Erde ganz so wie seine Schwester.

Irgendwann trieb ihm Miere eine Maus direkt vors Maul. Er konnte sein Glück kaum fassen. Noch nie hatte etwas so gut geschmeckt. Und wieder und wieder das gleiche Spiel - denn auch ohne Beute zu machen, hatten sie nun ihre Freude am Schnüffeln und Aufspüren entdeckt.

»Das macht Spaß«, rief Maro begeistert, legte sich schließlich hin und keuchte: »Ich kann nicht mehr.«

Miere legte sich zu ihm, leckte ihm übers Maul. Eine Weile hechelten sie einträchtig, bis Maro fragte: »Wo sind wir eigentlich?« Er stand auf, sah sich um. Nichts als Feld, weiter hinten ein Wald. Wo war der alte Bauernhof mit den windschiefen Holzställen, wo ihre Mutter, ihr Zuhause.

»Miere, wo sind wir bloß, ich sehe unseren Hof nicht, haben wir uns verlaufen?« Maro schien wirklich Angst zu haben.

Obwohl die Hündin genau wusste, in welcher Richtung der Hof lag, antwortete sie nicht gleich.

Es ist zu seinem Besten, er hat tatsächlich keine Ahnung, wo wir sind. Freiwillig wäre er wohl nicht mit mir weggelaufen, dachte sie.

»Ach«, machte sie, als wäre es gar nicht wichtig. »Das weiß ich gerade auch nicht. Lass uns zum Wäldchen rüber laufen. Mal schauen, ob du mich kriegst.« Sie rannte los und wurde langsamer, sodass er sie am Rand des Wäldchens überholen konnte.

»Erster«, jubelte er und sackte erschöpft auf den weichen Moosboden. Es dauerte nicht lange und er schlief - nah an seine Schwester gekuschelt - tief und fest.

Miere aber wachte mit aufgestellten Ohren, kein Geräusch entging ihr. Während die Dämmerung zunahm, wurden die Schatten größer und größer. Sie dachte an die Tiere, von denen Gita erzählt hatte. Dachse, Rehe, Wölfe und Bären gab es in diesem Land. Vor den Rehen musste man keine Angst haben, aber die anderen Tiere ... Miere fühlte sich plötzlich ganz schlecht. War es richtig, vom Hof wegzurennen? Oder hätte sie abwarten sollen, was passierte. Ob der Bauer eine sinnvolle Verwendung für sie beide gefunden hätte, oder sie irgendwann vom Hof jagen würde. Gita hätte nicht helfen können, sie war an der Kette festgebunden. Miere seufzte, legte den Kopf auf die Pfoten und fühlte die Müdigkeit nach diesem aufregenden Tag.

Unser erster Tag in Freiheit. Mein Brüderlein weiß es nicht mal. Ganz schön anstrengend die Freiheit, dachte sie noch, dann schlief sie ein.

ZWEI

In den nächsten Wochen lernten sie, als Welpen zu überleben.

Das heißt, Miere lernte es und Maro merkte, dass Miere auch hier in der Freiheit sein einziger Schutz war. Stets blieb er ihr dicht auf den Fersen. Sie legten täglich ordentlich Strecke zurück, jagten Mäuse, fanden heraus, welche Beeren und Gräser essbar waren und kauten auf Holzstücken herum, wenn gar nichts anderes aufzutreiben war.

Eines Tages beobachtete Miere einen großen Vogel. Er saß mitten auf einem Feld und schien etwas zu fressen. Ihr war schlecht vor Hunger und Maro wirkte apathisch, weil sie seit Tagen nichts Richtiges zum Fressen gefunden hatten. Immer wieder sah sie zu dem Vogel hin.

Wenn der doch nur etwas übriglassen würde, sicher hat er leckeres Aas vor sich. Doch der Vogel fraß und fraß.

Ist bald nichts mehr da, du elender blöder Vogel. Ich muss mal schauen, was der da hat. Gedacht, getan. Sie duckte sich auf die Erde, gab Maro ein Zeichen, dass er ruhig liegen bleiben sollte, und schnürte los. Immer ein Stückchen weiter, dann duckte sie sich ins Gras, schnürte los, duckte sich und ... Nun konnte sie es sehen. Der Vogel hatte ein großes Stück verendetes Tier vor sich - da könnten sie sich satt fressen, endlich. Sie fokussierte den Vogel, schnellte hoch und sprintete auf ihn zu. Der Überraschungseffekt ließ den Vogel auf und davonfliegen. Gierig schlug Miere ihre Zähne in die Beute, riss ein Stück Fleisch heraus und schluckte es.

»Komm her Kleiner«, rief sie zwischen zwei Bissen nach ihrem Bruder. Das musste man ihm nicht zweimal sagen. Wie eine kleine braune Kanonenkugel jagte er übers Feld. Dann fraßen beide, bis sie nicht mehr konnten. So einen reich gedeckten Tisch hatten sie lange nicht mehr gehabt. Dass dieses Überangebot für sehr sehr lange Zeit das letzte sein würde, ahnten sie nicht.

In der folgenden Zeit durchwanderten sie morastige Auen und kaum besiedelte Landstriche, bergauf und bergab. Von einzelnen Hütten hielten sie sich fern. Alles, was irgendwie essbar schien, probierte Miere: Gräser, Körner, tote Vögel, halbverfaulte Früchte. Das mit dem Mäusejagen war meist Glück, man erwischte sie nur selten. Miere teilte alles, was sie fand, mit ihrem Bruder, doch der wurde immer weniger. Bald jammerte er so kläglich, dass sie sich ernsthaft Gedanken um ihn machte: *Wenn wir die nächste Siedlung erreichen, muss er in die Nähe von Menschen, hilft alles nichts. Für ein Leben in Freiheit ist nicht jeder geschaffen.*

An einem herrlichen Sommertag erreichten sie schließlich eine große Stadt. Maro hatte sich ein wenig erholt und so streunten sie beide staunend durch Straßen, die von hohen Häusern begrenzt wurden. So etwas hatten sie noch nie gesehen. Alles so groß, die Straßen, die Gebäude und so viele Menschen und Automobile - alle viel schneller unterwegs als der Bauer mit seinem verrosteten kleinen Wagen oder dem alten Traktor. Auch Hunde gab es viele. Struppige Gesellen, die alles andere als freundlich wirkten. Miere spürte bald, dass all dies gefährlich werden konnte, für zwei kleine Hunde, die ganz auf sich allein gestellt waren.

»Bloß weg hier«, rief sie Maro zu und sie rannten, so schnell sie konnten. Weg von den Straßen, den Häusern, den Menschen, den Hunden. Bis sie den Rand der großen Stadt erreicht hatten.

»Puh, ich kann nicht mehr.« Maro plumpste japsend zu Boden.

Miere legte sich neben ihn. »Weißt du Kleiner, diese vielen Autos sind viel zu schnell für uns, gefährlich schnell. Auch kann ich so rasch nicht erkennen, wer von all diesen Menschen uns helfen könnte.«

Und welcher der Hunde gefährlich ist. Aber das dachte sie sich bloß, sie wollte ihrem Bruder keine Angst machen. Zärtlich leckte sie Maros Kopf, bis er sich beruhigt hatte.

»Wir suchen uns jetzt einen sicheren Schlafplatz und sehen morgen weiter. Komm!«

Also streunten sie weiter. Es ging bergab. Und da hörten sie es - dieses wunderbare Geräusch von fließendem Wasser. Hinter der nächsten Biegung lag ein herrlich klarer Fluss, gar nicht tief. Wie durstig sie waren, merkten sie erst jetzt. Sie tranken und sprangen übermütig im seichten Wasser hin und her. Miere biss wieder und wieder ins Wasser, als hätte es einen Widerstand. Es tat einfach zu gut dieses saubere Wasser, nach den Pfützen und dem Morast der letzten Wochen. Erfrischt sausten sie weiter am Flüsschen entlang, bis Maro stehenblieb und verdutzt nach oben sah.

»Uiii, schau mal Miere, was ist das?«

Mieres Augen kletterten eine hohe Felsmauer hinauf, sie schien gar nicht enden zu wollen. Was oben war, konnte sie nicht erkennen, das war nicht wichtig im Moment. Viel interessanter waren die kleinen Felshöhlen, die sie nah am Fluss entdeckte. Sie schüttelte sich das Wasser aus dem Fell.

»Genau was wir brauchen Maro«, rief sie. »Das ist perfekt - ein Unterschlupf für die Nacht.« Neugierig erkundeten sie eine Höhle nach der anderen. Bei der mit der kleinsten Eingangsöffnung lief Miere aufgeregt hin und her, streckte ihre Schnauze bald in die eine bald in die andere Ecke, bis sie schließlich schwanzwedelnd verkündete: »Die ist gut, Maro, sehr gut sogar. Hier bleiben wir.«

Tatsächlich war diese Höhle das ideale Versteck. Nicht zu weit vom Ufer entfernt aber hoch genug, um von da nicht einsehbar zu sein.

Miere schaufelte sofort eine Mulde, groß genug für zwei. Maro kuschelte sich an sie und bald waren beide eingeschlafen.

Ein seltsames Geräusch weckte Miere. Da es bereits dunkel war und sie die Gerüche der Höhle längst nicht alle erforscht hatte, wusste sie erst nicht, wo sie sich befand. Dann spürte sie Maro neben sich, das rasselnde Geräusch kam von ihm.

Gar nicht gut, gar nicht gut, dachte sie, *warum atmet er so schwer? Er ist nicht geeignet für das wilde Leben. Wenn ich nur wüsste, wie ich ihm helfen kann.*

Der Gedanke hielt sie wach. Sie horchte. Was war das? Etwas wie vorsichtiges Tappen, leise Pfoten, die sich langsam der Höhle näherten.

Miere stand auf, alle Sehnen ihres kleinen Körpers spannten sich an. Sie fixierte den Eingang, der sich durch das Mondlicht draußen etwas heller abhob. Und da war es: eine riesige schwarze Silhouette, funkelnde Raubtieraugen. Würde sie jetzt stillhalten, waren sie beide verloren. Ihre einzige Chance war das Überraschungsmoment. Sie zögerte keine Sekunde. Kurz böse knurrend, dann kläffend so laut sie konnte, sprang sie auf den Eingang zu. Alle Haare gesträubt, die Zähne gefletscht, bellte sie aus Leibeskräften, wie sie noch nie gebellt hatte.

Und sie hatte Erfolg. Was immer da stand und in die Höhle wollte, verschwand lautlos.

Miere schimpfte eine Weile weiter, wie um sich selbst zu beruhigen, bis sich etwas Warmes, Zitterndes an sie drückte.

»Maro, sei ganz ruhig. Es ist alles gut, alles gut«, flüsterte sie. Zwar schlief Miere in den folgenden Nächten sehr unruhig, doch der gefährliche Nachtschatten tauchte nicht mehr auf.

Und es sollte sich zeigen, dass sie es mit der Gegend hier gar nicht so schlecht getroffen hatten.

Tagsüber suchten sie am Flussufer nach Essbarem. Immer wieder fanden sie sogar Lebensmittelreste, man merkte die Nähe der großen Stadt, ihre Menschen hinterließen überall Abfälle. Nachts schliefen sie sicher in ihrer Höhle.

Eines Tages - Miere zerbiss eben eine Papiertüte mit Brotresten, die sie am Ufer gefunden hatte - hörten sie aufgeregte Schreie von Menschen. Erst sahen sie niemanden, dann merkten sie, dass der Lärm von oben kam. Hoch oben am Rand des Felsens standen Menschen, die wild gestikulierten und auf sie beide zeigten. Noch während Miere überlegte, ob da eventuell Hilfe für Maro zu finden sei, krachten neben ihr Steine nieder. Wieder und wieder mit einer unglaublichen Wucht, heftig wie Geschosse. Die Menschen warfen mit Steinen nach ihnen.

»Los Maro, in die Höhle«, schrie sie und rannte los. Sie schafften es, den Steinen auszukommen, doch der Schock saß so tief, dass sie lange zitternd in der Höhle kauerten. Für Miere war die Enttäuschung schlimmer als der Schreck. Ausgerechnet die Menschen hier, von denen sie sich Hilfe für ihren Bruder erhofft hatte, hatten mit Steinen nach ihnen geworfen.

Zwar bot die Höhle weiterhin den besten Schutz, doch von nun an sah Miere stets nach oben, wenn sie auf Futtersuche gingen. Sie konnte sich kaum mehr auf das Schnuppern konzentrieren, so oft schaute sie zur Felskante hoch.

»So wird das nichts, kleines Fräulein«, hörte sie plötzlich eine Stimme neben sich. Zu nah, zu tief. Miere ging in Angriffsstellung, fletschte die Zähne.

»Nein, nein. Ich tu euch nichts. Komm wieder runter, Mädchen. Ich bin selbst auf Futtersuche.«

Miere riss die Augen auf. Was war das, das da vor ihr stand? Ein großer zotteliger ... ja was? Ein Wolf?

»Ich fress euch schon nicht, meine Güte. Ich bin bloß ein alter Schäferhund. Du darfst Carol zu mir sagen, Kleine.«

Langsam fand Miere ihre Sprache zurück. Der Kerl war riesig, ob man dem trauen konnte? Miere schnupperte an ihm. Gut roch er ja. Nach feuchter Erde, Wald und Essensresten, aber auch nach Kraft und Energie. Vielleicht ein Beschützer, das könnten sie wahrlich brauchen. Auch Carol beschnupperte Miere.

Langsam näherte sich Maro den beiden. »Das ist mein Bruder, Maro«, sagte Miere. Als auch Maro und Carol sich ausgiebig beschnuppert hatten, war es beschlossen. Sie streunten gemeinsam weiter auf der Suche nach Essbarem.

Schließlich war der größte Hunger gestillt und sie trotteten zur Höhle zurück. Carol voran. Das fiel Miere auf.

»He, Carol, du gehst so zielstrebig. Weißt du denn, wo wir uns verstecken?«

Carols rechte Maulhälfte verzog sich zu einem einseitigen Grinsen. »Ich habe sie mir neulich angesehen, nachts, die Höhle und ihre mutige Bewacherin.«

»Du warst das, meine Güte. Hast du uns einen Schrecken eingejagt.«

»War nicht meine Absicht. Ich habe nur einen Schlafplatz gesucht. Die Hundefänger sind oft schon frühmorgens unterwegs, da ist es besser, man hat ein gutes Versteck. Aber sonst mag ich die Schlucht ganz gerne, da fällt viel ab für unsereinen.«

»Ja, zum Beispiel Steine«, meinte Miere trocken.

Und da war es wieder - Carols schiefes Grinsen. Steine werfende Menschen schienen ihn nicht sonderlich zu beeindrucken. Vermutlich kannte er das bereits.

Angekommen in der Höhle kuschelte sich Maro gleich in Carols zotteliges Bauchfell, der das nicht nur gutmütig duldete, sondern sich förmlich um ihn herumwand, damit der Kleine es auch richtig warm hatte. Während sich Miere an den Rücken des neuen Mitbewohners drückte, spürte sie, wie dessen Wärme auch sie entspannte, ihr dieses lange vermisste Gefühl von Sicherheit und Geborgenheit vermittelte.

Maro schlief fest, als Miere flüsterte: »Was meintest du eigentlich vorhin mit Hundefänger?«

»Wart ihr noch gar nicht in der großen Stadt?, fragte Carol.«

»Nur ganz kurz. Wir sind dann gleich zum Fluss hier gelaufen.«

Carol überlegte, wie viel er Miere erzählen sollte, sie hatte offenbar keine Ahnung, welche Gefahren ihnen drohten. Er entschied, dass sie gewarnt werden müsste. Leise, damit Maro nicht aufwachte, erzählte er ihr von den Hundefängern.

»Das sind Männer mit Stangen, an denen vorne eine große Drahtschlinge befestigt ist. Sie werfen dir die Schlinge über den Kopf, ziehen zu und dann geht es ab in einen Käfig. Der Käfig kommt in ein großes Auto, das bringt dich in ein Tierheim.«

Miere schluckte. Das hörte sich schrecklich an. »Warum sind die Menschen so böse?«, fragte sie.

Carol überlegte. Er hatte schon zu viel erlebt, um voreilig zu antworten. »Ach Miere, sie sind gar nicht böse. Das klingt sicher komisch für dich, aber - die meisten Menschen hier sind gut. Ja, sogar zu uns Straßenhunden! Viele füttern uns, beschützen uns vor den Hundefängern.«

Miere staunte. »Das verstehe ich jetzt nicht.«

»Wir sind einfach zu viele, weißt du. Von Jahr zu Jahr wurden wir mehr. Die meisten leben friedlich, sind den Menschen dankbar für das Futter. Aber einige drehen durch, die werden gefährlich für Menschen, dann bekommen die Angst und wollen uns einfangen.«

»Uns haben auch schon Menschen mit Steinen beworfen, weißt du ja«, flüsterte Miere.

»Ja siehst du Kleine, das meine ich. Auch bei den Menschen gibt es ein paar gefährliche. So sehr unterscheiden wir uns gar nicht voneinander. Und jetzt gib Ruh und schlaf. Ich bin müde.«

Wie soll ich da wissen, welchen Menschen man trauen kann?, dachte Miere.

Und als hätte Carol ihre Gedanken erraten, hörte sie ihn murmeln: »Mach dir keine Sorgen Kleine, meistens merkt man schnell, ob ein Mensch uns mag.«

DREI

Dank der Flussnähe und Carols Erfahrung hatten sie den Sommer gut überstanden. Der Herbst brachte etwas Abwechslung in den Speiseplan. Zwar wurden die Abfälle der Menschen weniger, doch Carol zeigte ihnen, dass man Nüsse und Mais essen konnte. Ja, er kannte sogar Beeren, die richtig gut schmeckten. Nur Maro machte ihnen immer wieder Sorgen. Er wollte oft nicht mitfressen, dabei war er viel kleiner und noch dünner als Miere.

Der Herbst zeigte sich bald regnerisch, es wurde kühler und kühler. Zwar schützte sie die Höhle vor dem Regen, doch drinnen war es feucht und kalt. Zu kalt für Maro. Eines Tages - Carol und Miere hatten ihn in ihrer Mitte gewärmt, hörte er nicht mehr auf zu zittern.

»Wir müssen ihn zum Tierheim bringen, er überlebt sonst nicht«, sagte Carol traurig.

»Aber - bist du sicher, dass die Menschen dort ihm auch helfen werden?«, flüsterte Miere.

»Ich weiß mir keinen anderen Rat. Wir müssen darauf hoffen.«

Schweren Herzens machten sie sich auf zum Tierheim. Es war ein langer, beschwerlicher Weg. Sie mussten eine weite Strecke am Fluss entlang schleichen, der jetzt breiter war und viel mehr Wasser führte als im Sommer. Immer geduckt, durch kratzende Sträucher hindurch, über glitschige Gesteinsbrocken. Stets auf der Hut, nicht entdeckt zu werden. Solange es durch die Schlucht ging, hatte Miere immer die Felskante im Blick. Nie hatte sie die Steine vergessen, die wie Geschosse auf sie niedergeprasselt waren.

Endlich ging es bergauf und bald hörten sie es von weitem: lautes Bellen in unterschiedlichsten Tonlagen, aus unzähligen Kehlen.

»Da vorne ist es, siehst du?« Fragend sah Carol zu Miere.

»Ich sehe nur hohe Zäune, Blechdächer und alte Hütten.«

»Das ist es.« Etwas in Carols Stimme ließ Miere verstummen. Sie waren so lange gelaufen, nun mussten sie Maro in dieses Heim schicken. Das war beschlossene Sache und doch fiel es ihr unendlich schwer. Was, wenn es ihm da nicht gut ginge, wenn sich niemand seiner annahm? War er einmal da drinnen, konnte sie nichts mehr für ihn tun. Würden sie ihn aber nicht da reinschicken, hätte er keine Chance zu überleben, das spürte sie. Zärtlich leckte sie ihrem Bruder über den Kopf und stupste ihn an. »Jetzt geh, mein Kleiner. Da vorne sind Menschen, die haben Medizin, die macht dich wieder gesund.«

»Nein«, schrie Maro, »ich gehe nicht fort ohne euch.« Er drehte sich um und lief davon.

Doch er war zu schwach, seine Beinchen knickten ein, hechelnd und hilflos lag er auf dem Boden.

Carol wurde ernst. Er stieß ihn mit der Schnauze an. »Los, steh auf, aber sofort. Du gehst jetzt langsam da hin. Beim Tor fängst du an zu jammern und hörst erst wieder auf, wenn dich jemand reinträgt. Hast du mich verstanden, Kleiner?«

Maro nickte. So ernst hatte der Große noch nie mit ihm geredet. Eingeschüchtert machte er sich auf den Weg.

Miere wollte ihm hinterherrufen, dass sie hier nicht weggehen würden, bis er in Sicherheit war. Doch Carol bedeutete ihr, still zu sein. »Oder willst du, dass sie uns auch einsperren?«

Einsperren, dachte sie traurig. *Nein, ich wollte nie, dass sie uns einsperren. Deswegen sind wir vom Bauern weggelaufen. Es soll sich nur jemand um Maro kümmern, ihm Medizin geben, damit er nicht stirbt. Einsperren - ja gibt es denn nur Freiheit oder Tod? Es muss doch was dazwischen geben. Jemand der sich kümmert, ohne einzusperren. Hoffentlich hat der Kleine Glück. Ja, das braucht er heute, ganz viel Glück.*

Sie sahen ihm nach, wie er zum Tierheim lief, näher und näher. Dazwischen blieb er immer wieder stehen, schaute sich nach ihnen um. Als er das Tor endlich erreicht hatte, war er nur noch ein kleiner brauner Punkt.

Carol und Miere verdrückten sich ins Gebüsch. Traurig und schweigend warteten sie stundenlang. Erst als sicher war, dass er nicht wieder auftauchen würde, machten sie sich auf den Rückweg.

»Es hat funktioniert, sie haben ihn aufgenommen. Er bekommt gutes Futter und Medizin. Mach dir keine Sorgen, Miere«, sagte Carol, doch ihr war klar, dass er sie nur beruhigen wollte.

Die Wochen vergingen. Carol und Miere entpuppten sich als perfektes Überlebensteam. Er beschützte sie - schon allein durch sein wildes Aussehen trauten sich andere Hunde nicht in ihre Nähe. Sie wiederum war klug und aufmerksam, witterte Fressbares und Gefahren schon von weitem, warnte immer rechtzeitig und wich Carol nicht von der Seite. Kein verdächtiger Schatten, kein Geräusch entging ihr. Nachts kuschelten sie sich aneinander, es war, als hätten sie nie anders gelebt.

VIER

Der Winter kam zu früh. Eines Morgens fanden sie den Höhleneingang fast zugeschneit vor. Miere freute sich über die weiße Pracht, jagte übermütig den Fluss entlang, biss vor Vergnügen in den Schnee, bis Carol sie ermahnte: »Lass das, mein Mädchen. Man bekommt Bauchschmerzen davon.«

Das war ihr egal. Sie pflügte mit der Schnauze durch den Schnee, warf sich auf den Rücken, immer und immer wieder, bis sie nicht mehr konnte.

»Das ist so schön«, japste sie. »Ach Carol, komm, mach doch mit.«

»Wie kann man nur so albern sein?« Carol stupste sie. »Mag ja sein, dass dir dieses gefrorene Wasser gefällt, doch die Futtersuche wird dadurch nicht leichter. Ehrlich gesagt - es wird schwer werden, genug zu essen aufzutreiben.«

Carol sollte recht behalten. Pflanzen, Getreidereste und Beeren verschwanden unter dem Schnee, auch Abfälle der Menschen gab es kaum mehr, denn im Winter kamen nur wenige Leute an den Fluss in der Schlucht. So waren sie gezwungen, immer näher an der großen Stadt auf Nahrungssuche zu gehen. Hier bewährte es sich, dass die beiden ein eingespieltes Team waren. Hin und wieder gelang es ihnen sogar, anderen

Hunden Fressen abzujagen, indem Carol sie ablenkte und Miere blitzschnell zuschnappte, mit der Beute weglief und sich versteckte.

Am Rande der großen Stadt lebten auch Hundefreunde, Menschen, die Straßenhunde fütterten. Sie kamen mit alten Tüten voller Lebensmittelresten, schütteten sie auf bestimmten Plätzen aus und freuten sich am Anblick der sich sattfressenden Tiere.

Natürlich meinten diese Menschen es gut.

(Leider wird das Leid der zu vielen Straßenhunde dadurch nicht gelöst. Oft fristen sie krank und verwildert ihr Dasein. Unkastriert wie sie sind, vermehren sie sich weiter, damit wird dieses Elend immer größer. Dazu kommt, dass manche Privatpersonen unliebsam gewordene Tiere - sogar Welpen - oft einfach aussetzen und somit ihrem Schicksal überlassen.

Rumänien teilt sich dieses Problem mit vielen anderen süd- und osteuropäischen Ländern. Wie schon erwähnt, versucht der Staat mit Gesetzen dagegen anzugehen. Dazu gehört das regelmäßige Einfangen von Straßenhunden. Sie werden dann in sogenannten Tierheimen - auch Shelter genannt - untergebracht und im Idealfall von Tierschützern weitervermittelt.)

Carol und Miere kannten bald alle Plätze und Hinterhöfe an denen gefüttert wurde. Weil das einfacher war als stundenlanges Suchen im wilden Gelände oder Mäusejagen, waren sie bald Stammgäste. Doch noch jemand wusste von diesen Fütterungsplätzen, jemand der sehr gefährlich werden konnte: der Hundefänger-Trupp der Regierung.

Und so suchten sich die Hundefänger eines Tages genau den Hinterhof aus, in welchem Miere und Carol eben ihren Heißhunger stillten.

Die Männer kamen von zwei Seiten, sie hatten es auf einen großen grauen Hund abgesehen, den Miere vom Sehen kannte. Allerdings hatte sie immer gebührend Abstand zu ihm gehalten, er biss gerne ohne Vorwarnung zu.

Wie wild stob die Meute beim Anblick der Männer Alarm bellend in alle Richtungen auseinander. Miere aber stand buchstäblich mit dem Rücken zur Wand, sie hätte an den Männern vorbeigemusst. Starr vor Schreck sah sie, wie die Hundefänger den Grauen umzingelten. Mit langen Stangen, an deren Enden Eisenschlingen hingen, kamen sie ihm näher. Schon baumelte eine Schlinge auf ihn zu. Er fletschte knurrend die Zähne, duckte sich, biss in die Eisenschlinge und zerrte so heftig daran, dass der Hundefänger am anderen Ende der Stange ins Wanken geriet. Dann sprang er blitzschnell auf und raste davon.

Während die Männer dem Grauen nachliefen, kam Carol genau aus dieser Richtung um die Ecke zurück. Als er die Situation erkannte, war es zu spät. Einer der Hundefänger reagierte schnell. Er warf Carol die Schlinge über den Kopf, drückte ihn zu Boden.

»Verschwinde, Miere, los«, rief Carol noch, bevor ihn eine Betäubungsspritze am Hals traf.

Miere, starr vor Entsetzen, als hätte *sie* die Spritze abbekommen, hörte wie durch eine Wand, die Rufe der Tierfreunde, die das Futter verteilt hatten. Sie waren außer sich, schimpften und drohten den Hundefängern.

Irgendwann lag sie am ganzen Körper zitternd wieder in der Höhle. Sie hatte keine Ahnung, wie sie dort hingekommen war. Der Schock saß zu tief.

Ich bin schuld, dachte sie. *Ich allein. Warum habe ich heute nicht aufgepasst wie sonst immer, warum? Weil ich zu hungrig war. Ich hätte alle rechtzeitig warnen können, warnen müssen. Mein Carol. Wäre ich wenigstens gleich weggerannt ... Er kam zurück wegen mir. Er war doch schon in Sicherheit. Nur wegen mir kam er zurück, nur deswegen haben sie ihn erwischt. Ich bin schuld. Ich allein ... Er hat mich nicht im Stich gelassen. Er nicht.*

FÜNF

Die nächsten Wochen schleppte sich Miere traurig und einsam durch ihr Hundedasein. Sie fraß nicht viel, das Wenige, das sie brauchte, fand sie im Gebüsch. Mal ein toter Vogel oder eine langsame Maus, die leichtsinnigerweise ihr Winterquartier verlassen hatte. Das reichte ihr. Die Futterplätze suchte sie nicht mehr auf, anderen Straßenhunden wich sie aus.

Ständig quälten sie schwere Gedanken. *Zu nichts nütze. Ja, der Bauer hatte recht. Weder konnte ich meinen Bruder durchbringen noch dem einzigen Freund, den ich je hatte, helfen. Was heißt helfen. Weggerannt bin ich, hab ihn im Stich gelassen.*

Der Winter hatte das Land fest im Griff. Nur Laub und kleine Holzteile, vom Wind in die hinterste Höhlenecke getrieben, boten Miere keine Wärme. Immer stärker schmerzte auch die Einsamkeit, während sie frierend an einem Holzstöckchen nagte. Da hörte sie plötzlich Stimmen von draußen. Sie ließ das Holzstück fallen und stellte die Ohren auf. Ja, da waren Menschen unterwegs.

Sollen sie mich doch finden und fangen, dachte sie. *Wäre meine gerechte Strafe, die Strafe für Feiglinge wie mich. Was will ich noch hier - ganz allein. Den Winter kann ich hier nicht überleben. Sollen sie mich fangen und ins Tierheim bringen, vielleicht finde ich da Maro und Carol ..., was ist das?*

Leise schlich sie ganz vor zum Höhleneingang, sah aber nichts.

Höre ich schon Stimmen, die es gar nicht gibt?

Sie musste sich seitlich am Schnee vorbeidrücken, um ins Freie zu gelangen. Nun stand sie draußen vor dem Höhleneingang, ungeschützt.

Zwei Menschen, ein Mann und eine Frau, gingen am Ufer entlang, sie schienen etwas zu suchen. Sahen unter Büsche, blieben stehen, schauten sich um und - hatten sie entdeckt.

Miere blieb reglos stehen.

»O Gott, schau mal, der kleine Hund da«, sagte die Frau und wollte auf sie zugehen aber der Mann hielt sie am Ärmel zurück.

»Der ist vielleicht nicht allein, es könnten größere Hunde in der Höhle sein, das wäre gefährlich. Lass uns weiter nach deiner Mütze suchen«, meinte der Mann.

Sie gingen weiter, aber die Frau sah sich immer wieder um.

Miere stand still, schaute ihnen nur traurig nach.

»Wir können den kleinen Hund nicht allein lassen, er wird erfrieren. Ist ein ganz junger Hund. Komm doch!« Sie zog ihn an der Jacke zurück. »Schauen wir wenigstens nach, ob er wirklich allein ist.«

Der Mann gab nach: »Also gut, du bleibst hinter mir. Ist das klar?« Er bückte sich nach einem dicken Ast.

»Nein, lass das«, rief sie. »Da kriegt der Kleine Angst und läuft weg. Wir locken ihn zu uns her.« Beide näherten sich langsam der Höhle.

Meine Güte, dachte Miere, *Menschen sind aber sehr ängstlich im Vergleich zu ihrer Größe. Ich bin ein kleiner halbverhungerter Hund, steh nur da und schau treuherzig. Vor was habt ihr bloß Angst? Jetzt kommt schon her und holt mich, mir ist alles egal. Aber schnell, ich frier hier gleich fest.*

Wenige Meter trennten sie, da schob die Frau den Mann beiseite, ging in die Hocke und sagte: »Komm zu mir, mein Kleiner. Wir tun dir nichts, wir sind Freunde. Komm her.« Sie lächelte und streckte Miere die Arme entgegen.

Miere machte ein paar Schritte auf sie zu, da war die Frau auch schon bei ihr, hob sie hoch und lachte. »Ein Mädchen, es ist ja ein Mädchen. Meine Güte, wie sie zittert. Das war Rettung in letzter Minute.«

Damit drückte sie Miere an sich, streichelte ihr über den Kopf und murmelte: »Wird alles gut, meine Kleine. Wird alles gut, jetzt.«

Miere spürte die Wärme der Frau, ergab sich gerne dem ungewohnten Druck zweier Menschenarme. Als sie den Duft des alten Wollmantels einsog, flackerte für einen Augenblick etwas auf aus der Erinnerung: ein warmes Fell, der Duft nach Heu und die raue Zunge Gitas.

»Sie kuschelt sich an mich«, flüsterte die Frau dem Mann zu. »Schau doch, sie hat keine Angst mehr.«

»Grete kann sie ins Tierheim mitnehmen«, brummte der Mann. Wozu habe ich eine Schwester, die Tierschützerin ist?«

»Ja, ja, aber erstmal bleibt sie bei uns. Sie ist völlig abgemagert, sie muss ein wenig aufgepäppelt werden.«

Das kling gut, dachte Miere.

Die Frau hielt Wort. Sie richtete Miere ein weiches Plätzchen beim Ofen ein mit einer Wolldecke in einem alten Wäschekorb. Dann kam sie mit einer Schüssel voll Brot und Fleischresten.

»So mein Mädchen, lass es dir schmecken.«

»Das ist ein Hund, Frau. Kein Mädchen«, meinte der Mann kopfschüttelnd.

»Ja, ja, ist ja gut. Das arme Ding. Wer weiß, wie lange sie schon sich selbst überlassen war. Vermutlich hat sie nicht mal einen Namen.«

»Dann gib du ihr einen«, schlug er vor.

Die Frau überlegte. »Hm … Deine Schwester hat erzählt, dass sie die Hunde im Tierheim oft nach den Orten benennen, wo sie sie gefunden oder eingefangen haben. Die Kleine war in der Schlucht. Dann könnte sie Rapa heißen.«

Rapa? Echt jetzt, dachte Miere. *Sehe ich aus wie eine Schlucht? Diese Menschen ... Aber egal, Hauptsache warm und satt. Wenn der Preis dafür ein komischer Name ist - meinetwegen.*

»Rapa, Rapa, meine Kleine«, machte die Frau und fing an, sie zu bürsten. Mit langen vorsichtigen Strichen entfernte sie Staub und Schmutz aus ihrem Fell. Rapa merkte erstaunt, dass dies gar nicht so schlecht war. Natürlich kam es nicht an das Wohlbehagen heran, wenn Carol sie sauber leckte - aber es tat gut nach dieser langen Zeit der Einsamkeit. Entspannt und dankbar wollte sie der Frau die Hand lecken, da fielen ihr die Augen zu.

Und Rapa schlief. Satt, geborgen und warm, so tief wie lange nicht mehr.

In dieser Nacht und den folgenden, die sie bei den braven Leuten sein durfte, wurden auch ihre Träume besser. Sie erholte sich zusehends, das einfache, aber ausreichende Fressen tat ein Übriges und so war sie schnell wieder bei Kräften.

Dass sie bald von Grete, der Schwester des Mannes und ihres Zeichens Tierschützerin abgeholt werden würde, hatte man Rapa schon öfter erzählt. Als Grete eines Tages tatsächlich kam, war Rapa ziemlich verunsichert. Was würde nun auf sie zukommen? In welches Tierheim würde man sie bringen? Sah sie dort ihr Brüderchen wieder und, und, und ...

Die freundliche Frau, die nun vor ihr stand, war kugelrund. Rapa staunte, noch nie hatte sie so einen herrlich runden Menschen gesehen.

Wie ist sie bloß durch die kleine Türe gekommen, wunderte sie sich.

»Ja, ist das eine Hübsche«, sagte Grete, beugte sich zu ihr hinunter und streichelte über ihren Kopf. »So eine kleine Schönheit. Na, für dich finden wir bestimmt ein gutes Plätzchen.«

Rapa, die an der Stimme erkannt hatte, dass Gretes Worte ehrlich gemeint waren, beschloss, dass man ihr vertrauen konnte.

Nach langem Palaver zwischen Grete und dem Ehepaar wurde sie schließlich von Grete in deren altes Auto gehoben und los ging die Fahrt ins Ungewisse.

Grete war redselig. »Ich hatte schon Angst, sie streichelt dich tot, die Gute, hahaha. Wenn ich dich noch ein paar Tage dagelassen hätte, o je, o je, sie hätte dich wohl nicht mehr hergegeben. Das verstehst du doch, oder? Du brauchst einen guten Platz. Leute, die sich kümmern, die auch mal Tierarztkosten und gutes Futter bezahlen können. Das könnten die beiden nicht, weißt du. Ich denke du solltest nach Deutschland, hmmm …, da gibt es ein gutes Tierheim in Bayern die vermitteln sehr erfolgreich. Mit etwas Glück bekomme ich dich da unter, meine Süße. Und in Bayern wird es dir gefallen, da gibt es auch hohe Berge und viele Täler, ähnlich wie hier.« Gutgelaunt summte Grete vor sich hin.

Rapas Gedanken waren ernster: *Nun habe ich mich erstmal ergeben, weil ich keine andere Wahl hatte. Ihr Menschen habt für mich gesorgt, mir aber einen anderen Namen aufgedrückt. Denkt nur nicht, dass ich alles mit mir machen lasse.*

Sie würde auf der Hut sein. Nur zu gut wusste sie, dass man nicht allen Menschen trauen durfte. Urplötzlich überkam sie eine große Sehnsucht nach Carol und Maro. Vielleicht fuhren sie in das richtige Tierheim. Vor Wiedersehensfreude zitternd sah sie zu Grete, die das Zittern falsch deutete.

»Du brauchst keine Angst haben, Rapa.« Grete tätschelte sie. »Da sind viele Hundekollegen von dir, die freuen sich bestimmt.«

Wenn das mal die richtigen Kollegen sind. Ach Grete, du meinst es gut, hast aber keine Ahnung von uns Straßenhunden, scheint mir. Einigen von diesen »Kollegen« möchte ich jedenfalls nicht mehr begegnen.

Trotz der ungewöhnlich milden Temperaturen der letzten Tage waren die Straßen noch verschneit, so dass das kleine Auto immer wieder mal ins Schlingern geriet, was Grete stets mit einem fröhlichen »Hoppala« quittierte. Schließlich holperten sie auf einer kleinen Landstraße dahin, die in einen ungeteerten Weg mündete.

Rapa war jetzt aufgeregt, sie erkannte die Bäume, die Büsche, die Silhouetten am Horizont als das Tierheim, in das sie Maro gebracht hatten.

»Gleich sind wir da, Rapa, meine Süße. Gleich haben wir es geschafft.« Grete lächelte.

Ja, freu du dich vor allem, dass wir diese Fahrt überlebt haben. Ich freue mich auf meine Jungs, aber das kannst du nicht wissen, du gute Seele.

Die letzten Meter kamen Rapa vor, als würde der Wagen gleich liegen bleiben. Sie stand auf dem Beifahrersitz und versuchte, etwas zu erkennen.

Da vorne, das Tor, ja, ja, das ist es. Gleich würde sie Maro und Carol wiederhaben. Nur noch ein paar Meter.

Mensch Grete, fahr doch endlich.

SECHS

Als sie angekommen waren, ging alles so schnell, dass Rapa nicht recht wusste, wie ihr geschah. Kaum hatte Grete mit einem großen Mann gesprochen, war der auch schon am Wagen, hob Rapa heraus und trug sie wortlos in ein langes Gebäude aus Stein. Hier reihte sich ein Hundezwinger an den anderen. Die vielen unterschiedlichen Gerüche konnte sie auf Anhieb gar nicht zuordnen, zu viele Hunderassen schienen sich hier zu mischen. Ohrenbetäubendes Bellen zeigte Rapa zudem, dass man hier ganz und gar nicht erfreut war über diesen Neuzugang. Rapa bereute bereits, sich freiwillig den Menschen ausgeliefert zu haben.

Warum habe ich das bloß getan?

Für weitere Überlegungen blieb keine Zeit, denn der Mann hielt vor einem Zwinger und machte sich daran, die Türe zu öffnen. Rapas Rückenhaare stellten sich auf, als sie einen großen Hund mit undefinierbarem Fell in der hinteren Ecke liegen sah.

Sie bellte aus Leibeskräften, ja sie schrie förmlich um ihr Leben, als etwas Merkwürdiges geschah.

Der große Mann, der bisher kein Wort gesagt hatte, hielt sie fest, ging mit ihr in die Hocke vor dem offenen Zwinger, beugte sich dem großen Hund entgegen und sagte ganz leise, fast zärtlich: »Das ist die kleine Rapa, schau mal. Komm her Mihai, aber ganz langsam, die kleine Maus da hat gerade furchtbare Angst.«

Rapa war verblüfft. *Woher willst du das wissen, he?! Und was heißt hier kleine Maus,* dachte sie, gleich wieder kampflustig.

Der Mann lockerte den Griff, strich Rapa über den Kopf, klopfte auf den Boden. »Los, Mihai, komm her Alterchen, sag dem Mädchen guten Tag.«

Schlagartig vergaß Rapa ihre Unsicherheit und ihren Protest als der Rüde sich, leicht schwankend, erhob und langsam auf sie zukam: Er hatte nur noch drei Beine.

Der Mann setzte Rapa ab, tätschelte Mihai die Flanke, gab ihm einen Bissen und meinte: »Jetzt beschnuppert euch mal in aller Ruhe. Ich komm nachher mit Fressen vorbei.« Damit verschloss er die Gittertüre sorgfältig und verschwand.

Verlegen drückte sich Rapa ans Gitter. Was würde dieser Rüde machen. War er vielleicht trotz fehlenden Beins gefährlich?

Mihai beschnupperte sie vorsichtig und schien zufrieden. Doch Rapa rührte sich nicht, ließ ihn nicht aus den Augen.

»Nun schau nicht so ängstlich«, sagte er schließlich. »Wenn du noch größere Augen machst, fallen sie dir aus dem Kopf. Dann haben die hier noch einen Behinderten mehr.«

Kurz musste sie grinsen. *Der ist lustig ...*

»Es ist nur«, stammelte sie, »ich ...«

»Du warst noch nie in einem Shelter, ist doch klar. Wo kommst du eigentlich her? Nein, nein, warte ... Rapa heißt du!? Rapa wie ... Schlucht. Sie haben dich also in der Schlucht gefunden, stimmt´s?«

»Schon. Aber eigentlich heiße ich Miere, das heißt Honig.«

»So so«, brummte Mihai. »Also Honig aus der Schlucht. Willkommen Honig aus der Schlucht.« Er schmatzte. »Dagegen hätte ich jetzt auch nichts.«

»Puh«, machte Rapa, »gehts noch? Und nur damit das klar ist - ich habe mich finden lassen. Da waren dann diese Menschen, ein Mann und eine Frau, ganz brave ...« Weiter kam sie nicht.

»Warte Süße«, Mihai stöhnte leise. »Erzähl mir deine Geschichte später. Victor hat mir was gegeben, ich muss mich hinlegen. Sorry ...« Damit verschwand er in seiner Ecke.

Nicht lange und er schlief tief und fest. Rapa hörte ihn knurren und leise japsend bellen - er träumte schlecht.

So ein armer Kerl und ich hab mir fast in die Hosen gemacht wegen ihm, dachte sie. Sie schaute sich um. Ein Zwinger am anderen, in den meisten waren mehrere Hunde zusammen untergebracht. Immer wenn ein Mensch auftauchte, stürzten alle zugleich an die Gittertüren und bellten aus Leibeskräften. Rapa inspizierte die andere Ecke im hinteren Teil ihres Käfigs. Mihai lag eingerollt auf einer alten Decke. Für sie blieb nur der kalte Steinboden, da war an Schlafen nicht zu denken.

Das ist auch nicht besser, als an der Kette zu liegen. Wenn Gita mich so sehen würde ... Sie denkt sicher, dass es uns gut geht, dass wir ein schönes freies Leben haben. Ach, Gita.

Vom Eingang vorne näherte sich ein Mann mit einem scheppernden alten Rollwagen. Während die Hunde aufgebracht bellten, schob er in jeden Zwinger eine Schüssel mit Futter, sagte ein paar Worte und schloss die Tür wieder. So versorgte er einen Zwinger nach dem anderen. Schließlich erreichte er Rapa und Mihai.

Da ist er wieder, dieser Victor, dachte Rapa.

»He, Rapa, meine Kleine. Schau was ich dir mitgebracht habe.« Damit zog er eine dicke Wolldecke hervor, legte sie in ihre Ecke und strich mit seiner großen Hand zärtlich darüber. »Schönes Plätzchen, nur für dich.«

Ja, schon klar. Sonst würde man hier auch erfrieren, dachte sie. Trotzdem dankbar, endlich auf etwas Warmen liegen zu können, ließ sie sich auf der Decke nieder und erlaubte Victor, sie zu streicheln. Dieser Mensch war wichtig, sehr wichtig sogar, das war Rapa schnell klar. In einem Gefängnis wie diesem war man entmündigt, immer auf jemanden angewiesen, der dafür sorgte, dass man weder erfror, noch verhungerte. Eingesperrt und aller Möglichkeiten zur Selbstversorgung beraubt, das war das eigentlich Angstmachende und das hatte sie so noch nie erlebt.

Victor schien ein Guter zu sein. Er stellte ihnen eine Schüssel mit Fressen hin, warf einen Blick auf den schlafenden Mihai, murmelte etwas und verschwand wieder.

Rapa fraß ein wenig. Obwohl sie spürte, dass sie hungrig war, wollte das Fressen nicht so recht hinein. Die neue Situation, das Ungewisse schnürten ihr Kehle und Magen zu. Was würde hier passieren? Die vielen Hundestimmen erzählten von schlimmen Schicksalen.

Wieso hatte man sie hier hineingebracht? Im Außengelände gab es viele Hundehütten und sie hätte ihre Jungs suchen können. Hier drinnen konnte sie nichts unternehmen, gar nichts.

Unbeabsichtigt entfuhr ihr ein Laut.

Mihai erwachte. »Was ist Kleine, Alpträume?«

Nein, das sind Laute des Wohlbehagens, du Trottel, dachte sie. *Ich wollte immer schon mal mit einer Meute von unbekannten, armseligen und zerrupften Straßenhunden in einem überfüllten Shelter eingesperrt werden.*

»Wie kannst du hier bloß schlafen, Alter?«, hörte sie sich fragen.

»Ich heiße Mihai«, brummte er.

»Entschuldige Mihai. Ich bin einfach fertig. Sitze hier drinnen fest und kann nichts unternehmen, um meine Jungs zu finden.«

Mihai sah sie fragend an und aus Rapa sprudelte ihre ganze Geschichte heraus. Er unterbrach sie kein einziges Mal, schüttelte nur gelegentlich den Kopf oder nickte. Endlich fertig sah sie ihn erstaunt an. »Du bist so ein guter Zuhörer, Mihai.« Erschöpft schlich sie zum Futternapf. »Jetzt merke ich erst, was für einen Hunger ich habe.« Damit machte sie sich über das restliche Fressen her. Dann übermannte Rapa die Müdigkeit. Sie rollte sich auf der alten Wolldecke zur Schnecke ein und fiel sofort in einen tiefen Schlaf.

Als Rapa am nächsten Tag erwachte, wusste sie nicht, wo sie sich befand. Unmengen verschiedener Gerüche, die sie nicht kannte, eine fremde Wolldecke unter ihr und überall Gitter, Gitter. Gitter. Dann fuhr es schmerzlich in ihren Hundekopf:

Shelter, ich bin in einem Tierheim. Heim, pah ..., was heißt da Heim. Eingesperrt bin ich.

Doch nein, da war auch etwas Gutes. Mihai, der Dreibeinige hatte sie wohlwollend aufgenommen. Erleichtert sprang sie auf, lief zu ihrem Käfiggenossen und leckte ihm so stürmisch die Schnauze, dass er aufwachte.

Mihai war zu schlaftrunken, um sich zu wehren. »Hey, hey, junge Dame. Was soll denn das?«

»Mir wurde gerade klar, wo ich bin und was für ein Glück ich habe, dass du hier bist. Ich meine, nur du mit mir in dieser Zelle!?« Ein ängstlicher Blick glitt durch die Gitterstäbe.

»Und du meinst, ich alter Dreibeiner könnte dir irgendwie von Nutzen sein, Kleine? Jetzt will ich dir mal was sagen. Die haben mich hier separiert, weil ich kein vollwertiger Rüde bin. Da draußen musst du immer wachsam sein, Mädchen. In diesen Gehegen hier mag es nicht besonders schön sein, da draußen aber gibt es fast keine einzige Futterschale, die du in Ruhe leerfressen kannst. Draußen ... ach was, das macht dir nur unnötige Angst. Vergiss es, wir sind hier drinnen sicher und überleben.

Das zählt, sonst nichts. Dieser Victor versorgt uns so gut er kann, er ist okay. Nun lass mich schlafen, ich bin noch müde.«

Rapa fiel ins Grübeln. *Draußen ist also Krieg, hat er das gemeint? Ob er da sein Bein verloren hat? Und wo ist dann Maro, mein kleiner Bruder. Hier drinnen habe ich ihn nicht gesehen, kann er also nur draußen sein, im Krieg. Das darf einfach nicht sein. Warum sollten die Menschen so ein kleines hilfloses Kerlchen nach draußen schicken, wenn es da so schlimm ist. Oder sie haben ihn gleich zu guten Menschen gebracht. Das wird es sein, hoffentlich.*

Um sich zu beruhigen, schlich sie an den Gitterwänden entlang. Drei Meter vor, drei zurück - viel Platz hatten sie nicht zur Verfügung. Auch in den anderen Zwingern regte es sich allmählich. Sie sah viel Elend. Etliche Hunde humpelten, bei einigen war das Fell nicht bloß verfilzt, es zeigten sich auch kahle Stellen. In manch traurigen Augen las Rapa, dass ihre Besitzer längst resigniert hatten.

Das wiederum stachelte ihren Kampfgeist an.

Mich kriegt ihr nicht klein. Mich nicht. Ich muss hier raus, meinetwegen auch um alles kämpfen. Aber lieber kämpfen, als hier versauern.

»Rapa, meine Kleine, da bist du ja.«

Vor lauter dunklen Gedanken hatte sie gar nicht gemerkt, dass Grete vor dem Zwinger stand. Jetzt fasste die Frau durch die Stäbe: »Komm her meine Süße, komm her. Wie geht es dir mein Mädchen?«

Rapa streckte ihren Kopf hin. *Falsche Frage, aber streichel mich weiter, das tut so gut.*

»Ist sie nicht wunderschön?«, wandte sich Grete an Victor, der eben aufgeschlossen hatte, um den Zwinger zu säubern.

»Klar, für die finden wir bald einen Platz«, brummte Victor. »Sie ist noch hübscher als der kleine Braune, den wir so lange aufpäppeln mussten.« Rapa erstarrte. Der kleine *Braune?* Meinte er Maro?

Grete überlegte. »Meinst du den Kleinen mit der schwarzen Schwanzspitze? Habt ihr den untergebracht?«

Victor lächelte. »Das hat funktioniert, ja. Er hat sich doch noch erholt, konnte dann auch schnell vermittelt werden. Aber er hier macht mir Sorgen.« Damit deutete er auf Mihai. »Das heißt, er selbst nicht, er ist auch über den Berg, aber dass sie den Transport nach Deutschland verschoben haben, das ist nicht gut.«

»Wann sollte Mihai rauskommen?«, fragte Grete leise, während sie Rapa kraulte.

»Na, mit dem nächsten Transport in einer Woche. Den haben sie aber verschoben.«

Lautlos hatte sich Mihai neben Rapa gesetzt. Grete lachte. »Ja Mihai, du alter Kämpfer.« Sie kraulte jetzt mit jeder Hand einen Hund. »Weißt du Victor, diese beiden hier ... ach, wenn ich könnte, die würde ich am liebsten selbst nehmen. Das sind so wunderbare ...«

»Mann, Grete, nun werde bloß nicht sentimental, das ist nicht hilfreich in unserem Job«, fiel Victor ihr ins Wort. »Außerdem - keiner dieser Hunde hier hat so ein Schicksal verdient. Ich bin über jeden froh, den wir hier rausbekommen. Dass wir einen Platz für Mihai fanden, grenzt fast an ein Wunder. Meinst du nicht?«

»Aber echt.« Sie seufzte erleichtert. »An wen geht er?«

»An einen älteren Herrn, der sich gut mit Hunden auskennt. Er sagt, er will was Sinnvolles machen und Mihais Geschichte hat ihn schwer beeindruckt.«

»Solche Leute müsste es mehr geben, Victor. Ich verstehe sowieso nicht, warum Menschen teures Geld zu Züchtern tragen, wo in den Tierheimen so dankbare Seelen warten.«

»Das kannst du so nicht sagen, Grete. Natürlich sind die meisten unserer Hunde hier liebenswert. Aber manchmal dreht auch einer durch, denk an den Grauen.«

»Ja, danke ...« Grete wurde ärgerlich. »Statt *den* endlich einzufangen, haben sie uns diesen liebenswerten Opa betäubt.« Ihr Kopf deutete nach draußen.

»Grete, sei nicht so streng. Du weißt selbst, wie schwer es ist, so einen wilden aggressiven Hund einzufangen. Die Männer waren auch nicht glücklich damit, habe ich gehört. Der Opa kam wohl genau in dem Augenblick, als sie den Grauen verfolgten, um die Ecke. Na ja, da hat ein Mann halt überreagiert. Das Alterchen hätte man wirklich nicht betäuben brauchen.«

»Hat der sich denn erholt?«

»Ja, ganz erstaunlich, zum Glück. Der ist schon draußen, hat auch gleich seinen Platz behauptet. Dem macht keiner mehr seine Hütte streitig.«

Grete schaute nachdenklich zu, wie Victor frisches Wasser in einen Trinknapf füllte.

»Und wenn wir Rapa beim nächsten Transport einfach mitschicken?«

»Du meinst, ohne dass sie einen festen Paten hat? Auf gut Glück?«

»Ja, zum Beispiel. Ich meine, sieh dir diese kleine Schönheit doch an.«

Victor überlegte. »Genau genommen ist sie der perfekte Hund. Nicht zu groß, nicht zu winzig, gesund und gutmütig.

Wäre vielleicht eine Möglichkeit. Im schlimmsten Fall müsste sie in Deutschland kurz ins Heim. Was immer noch besser wäre als hier.« Er kratzte sich hinter dem Ohr.

Grete stand auf. »Gehen wir ins Büro, ich will mal sehen, ob wir sie mit dem nächsten Transport ...«

Den Rest hörte Rapa nicht mehr. Grete und Victor waren schon auf dem Weg ins Büro.

SIEBEN

Rapa war wie betäubt und hin und hergerissen. Dass Maro tatsächlich gesund geworden und bei guten Menschen untergebracht war, hatte sie glücklich gemacht. Aber sie hatte das Gespräch aufmerksam verfolgt und wusste gleich, dass sie mit dem »lieben Opa« nur Carol meinen konnten. Sofort hatte sie die Szene vor Augen. Der wilde Graue, der seine Chance nutzt, und Carol, wie er - nach ihr suchend - genau in dem Moment um die Ecke biegt. Die Spritze, die Schlinge ...

Da gab es nichts zu überlegen. *Mich kriegt ihr hier nicht weg, vergesst es. Wenn Carol da draußen ist, muss ich zu ihm.*

Nun galt es, einen brauchbaren Plan zu entwickeln. Sie grübelte und verwarf, grübelte und ... plötzlich hatte sie die Lösung.

Schließlich fragte sie Mihai um Rat. Der stimmte zwar sofort zu, ihr zu helfen, hatte aber Bedenken. »Rapa, was du vorhast, ist nicht ungefährlich. Wenn sie dich erstmal als aufsässig einstufen, giltst du als schwer vermittelbar. Dann hast du kaum mehr eine Chance hier rauszukommen.«

»Weiß ich doch, Mihai, weiß ich doch. Aber ich kann gar nicht anders, verstehst du das nicht? Ich muss zu Carol. Er ist wegen mir hier gelandet. Weil er *mir* helfen wollte.«

»Gut, dann ist es ausgemacht. Wenn Victor mit dem Futter kommt, bleibe ich in meiner Ecke und stöhne herzzerreißend. Ich müsste mich schon sehr in ihm täuschen, wenn er nicht sofort zu mir hinter käme«, grinste Mihai.

»Und ich renne aus dem Zwinger, vor zur Türe und raus aufs Gelände.«

»Dann musst du sofort untertauchen, Rapa, und sie dürfen dich die nächsten Tage draußen nicht finden. Das wird schwierig, denn zur Fütterung musst du ...«

»Hör auf Mihai. Erst muss ich es mal hier hinaus schaffen.«

Rapa verließ mit einem Mal der Mut. Sie sank auf den Boden. Das klang alles so kompliziert, wie sollte sie das bloß durchstehen? War es nicht einfacher, auf einen Platz im nächsten Transporter zu hoffen, wie Grete es erwähnt hatte?

Zweifel holten sie ein. *Wer sagt mir überhaupt, ob die Geschichte von Carol stimmt. Könnte doch auch ein anderer alter Hund sein. Wenn ich erstmal da draußen bin, wer weiß, ob sie mich nicht angreifen, so als unerwünschten Neuling. Meine Güte bin ich feige. Das darf doch nicht wahr sein.*

Mihai stupste sie. »Du hast Angst. Das ist normal vor so einer Aktion, ist sogar gut.«

»Wirklich?«

»Klar, Angst macht wachsam. Du bist clever, Kleine. Du schaffst das.«

Rapa schaute in gütige braune Augen. »Aber, aber dann - wenn es klappt - dann sehen wir beide uns nicht mehr ...«

»Na, da bin ich aber froh, Mädchen. Stell dir nur vor, ich müsste hier vergammeln. Nein, ich reise in ein schönes Land zu einem liebevollen Herrchen, hast du selbst gehört.«

Rapa kuschelte sich an ihn. »Du willst nur nicht, dass wir Abschied nehmen. Ich sage es trotzdem. Ich sage, dass es schön war, dich kennengelernt zu haben. Danke, dass du mir hilfst.«

»Noch ein Wort und ich überlege es mir«, flüsterte Mihai und leckte Rapa zärtlich die Ohren.

Auf den richtigen Zeitpunkt für die Ausführung ihres Plans mussten sie länger warten als gedacht. Victor schloss die Zwingertüre meistens gewissenhaft hinter sich ab, bevor er Reinigungsarbeiten vornahm oder Wasser und Futter verteilte.

Dann hatten sie Glück. Der Tierpfleger wirkte unkonzentriert und schien in Eile zu sein, jedenfalls stand die Türe hinter ihm auf. Mihais schmerzhaftes Stöhnen verblüffte selbst Rapa, ehe sie begriff, dass das die ersehnte Chance war.

Kaum hatte sich Victor Mihai zugewandt, war sie schon aus dem Zwinger, schoss vorbei an allen anderen eingeschlossenen Hunden, die kräftig und lautstark protestierten und - stand vor einer verschlossenen Türe. Als sie schon glaubte, dass alles umsonst war, geschah ein kleines Wunder. Jemand stieß die Türe auf. Ohne aufzusehen, sauste sie durch blaubehoste Beine hindurch. Ein verblüfftes »Hey-wo-kommst-denn-du-her« nicht beachtend, versuchte sie, sich zu orientieren.

Ihre Gedanken purzelten durcheinander. *Wohin jetzt, was ... wie ... wie war das nochmal? Nach der Türe rechts? Scharf rechts hat Mihai gesagt. R e c h t s ...: Dann renn, was du kannst, bis zur letzten Hütte und versteck dich.*

Sie musste es geschafft haben. Als sie wieder klar denken konnte, lag sie hechelnd hinter einem Holzverschlag. Ihr kleines Herz drohte die Brust zu sprengen, so klopfte es vor Aufregung und Freude.

Ich habe es geschafft, Mihai, mein Freund, ich habe es geschafft! Geschafft, geschafft, geschafft. Bald werde ich Carol wieder sehen. Mann, bin ich gut, so gut, so gut ...

Nur langsam beruhigte sie sich, sah sich vorsichtig um, schnupperte. Sie lag auf einem schmalen Stück Lehmboden zwischen einer kleinen Holzwand und einem hohen mit

Brettern notdürftig vernagelten Drahtzaun, der das Grundstück begrenzte. Vor ihr ein Fetzen, die Reste einer alten Decke. Außer einem Stück bewölkten Himmel konnte sie kaum etwas erspähen, doch sie lauschte aufmerksam. Immer wieder Gebelle und Gejaule, dazwischen Menschenrufe und das Geschepper von Blecheimern. Ein Motorengeräusch, das sich langsam entfernte und ein Hammer, der auf Holz einschlug. Einmal glaubte sie, Victor nach ihr rufen zu hören. Sie drückte sich enger an die Holzwand.

Erst als es dämmerte, lugte sie vorsichtig um die Ecke. Ihre Wand entpuppte sich als Rückwand einer der unzähligen windschiefen Hundehütten, die entlang des Grundstückzauns verliefen. Der Drahtzaun war zu hoch, den konnte kein Hund überwinden.

Wenn ich mich da am Zaun entlang arbeite, kann ich alle Hütten abschnüffeln, dachte Rapa. *Aber bei den Lücken heißt es aufpassen, da darf mich weder ein Hund noch ein Mensch entdecken.*

Bei Dunkelheit schnürte sie los. Geduckt, fast an den Boden gedrückt, die Ohren aufgestellt, schnüffelte sie sich von einer Hütte zur nächsten. Als sie spürte, wie die Kälte sie langsam lähmte, hatte sie gut die Hälfte durch. Aber was für eine Enttäuschung - kein Carolgeruch, nirgends.

Hier draußen überlebe ich diese Nacht nicht. Victor wird mich morgen erfroren hinter einer Hütte finden ... weiter, weiter. Wo steckt der Kerl bloß. Ich muss ihn finden. Carol wo bist du nur?

ACHT

Mit der zunehmenden Kälte erwachte auch Rapas Überlebenswille mit neuer Kraft. *Aufgeben gilt nicht*, dachte sie.

Hochkonzentriert und lautlos, wie eine Raubkatze auf Beutezug erschnupperte sie Hundegeruch um Hundegeruch, Terrain um Terrain. Ihr Hundefreund musste hier sein. Er *musste* einfach hier sein, also würde sie ihn auch finden.

Bei den am weitesten entfernten Hütten erschnupperte sie ihn endlich - diesen vertrauten Geruch.

Auch Carols Geruchssinn funktionierte noch einwandfrei. Sobald er sie bemerkt hatte, reagierte er blitzschnell. Ohne einen Ton von sich zu geben, drückte er Rapa in die Ecke seiner schäbigen Behausung auf einen Haufen aus Stroh und Wollfetzen. Er bedeutete ihr, still zu sein, während er nach draußen schlich, um nachzusehen, ob keiner der anderen Hunde sie bemerkt hatte. Dann umfing er sie mit seinem Körper, ganz so, wie er den kleinen Maro damals vor dem Erfrieren bewahrt hatte.

»Du bist steif vor Kälte«, brummte er leise. »Lange hättest du das nicht mehr ausgehalten.«

Rapa, zu fertig zum Reden, spürte seine Nähe, alles andere verblasste. Alle Sorgen fielen von ihr ab, als würde die Wärme, die von ihm ausging, sie absorbieren. Eine tonnenschwere Müdigkeit hüllte sie ein wie ein Kokon, ihr Kopf sank auf seine Pfoten.

Er leckte über ihr Köpfchen. »Schlaf, mein Mädchen, schlaf.«

»Bist du es wirklich?«, flüsterte sie noch. »Ich hatte solche Angst, dich nicht mehr zu finden.«

Seine Antwort hörte sie nicht mehr. So uneingeschränkt hatte sie sich dem Schutz des großen Freundes ergeben, dass ein tiefer Erschöpfungsschlaf sie augenblicklich übermannte.

Mit Hilfe von Carol gelang es Rapa, sich die nächsten Tage zu verstecken. Sie erzählten sich ihre Erlebnisse und Carol brachte ihr immer etwas vom Futter mit. Rapa wurde endlich los, was sie so belastete.

»Ich bin mir so feige vorgekommen, als ich dich im Stich gelassen habe.«

»Hä? Das verstehe ich jetzt nicht, meine Kleine.«

»Na, du wurdest doch wegen mir geschnappt von den Tierfängern. Weil ich zu *blöd* war, rechtzeitig zu verschwinden.«

»Ach, so war das also.« Carol setzte sein unnachahmlich schiefes Grinsen auf. »Ich kann mich bloß an eine Kleine erinnern, die es zähnefletschend mit drei Tierfängern aufnehmen wollte und ich kann dir sagen, ich war froh, dass diese Männer durch mich abgelenkt waren.«

»Du bist mir nicht mehr böse?«

»Kann mich nicht erinnern, dir jemals böse gewesen zu sein«, brummte er.

»Oh, Carol. Bin ich froh, dass du das sagst. Du kannst dir gar nicht vorstellen, wie schäbig ich mir vorkam.«

Er sah sie forschend an. »Hast du deshalb dein Leben riskiert und mich in eisiger Kälte eine Nacht lang gesucht?«

Sie sah verlegen weg.

»Du verrücktes Mädchen, du.« Er stieß sie mit der Schnauze an. Sie gab den Stüber liebevoll zurück.

»Ach, jetzt müsste noch Maro da sein«, seufzte Rapa. »Dann wäre es fast wie früher in der Schlucht.«

Carol wurde ernst. »Ja, das ist wohl wahr. Aber leider - ich habe damals lange nach ihm gesucht, gleich, als ich hier ankam. Ich denke, sie haben ihn nach Deutschland gebracht. Die lieben dort kleine Hunde. Bestimmt geht es ihm super und er hat uns längst vergessen.«

»Ich weiß, was mit ihm passiert ist«, unterbrach Rapa den Freund. »Er wurde aufgepäppelt, im Gebäude vorne. Er war sehr krank. Und dann wurde er vermittelt. Das habe ich von Victor gehört. Meinst du wirklich, dass er uns vergessen hat?«

»Könnte ich mir vorstellen. Wäre gut für ihn.«

»Ein bisschen traurig macht mich das schon.«

»Heulsuse.«

»Was hast du gesagt?«

»Heulsuse, Heulsuse.« Da war es wieder. Carols schiefes Grinsen.

Schon balgten sie sich übermütig. Vergessen waren Ort und Zeit. Zwei glückliche Hunde, die rangelten wie Welpen, bis - ja, bis eine wohlbekannte Stimme donnerte: »Ja, zum Teufel, da bist du ja.«

Eine große kräftige Hand griff nach Rapa und im gleichen Augenblick, in dem sie zubeißen wollte, erkannte sie Victor.

»Na, na, langsam, Kleine.« Er ließ sie los und sie rannte zu Carol.

Staunend sah Victor, dass die beiden wirklich Freunde waren. Nachdenklich kratzte er sich hinter dem Ohr.

»Das ist ja ein Ding. Du bist also ausgebüxt und hast gleich einen Verbündeten gefunden. Oder ... hast du den alten Kerl hier gar gesucht? Zuzutrauen wäre es dir. Mann, Mann, Kleine.«

Wieder schien er zu überlegen. »Ich lass dich bei dem hier draußen, dem scheinst du gutzutun. In einer Woche geht der nächste Transport nach Deutschland, da darfst du dann mit. So eine verrückte kleine Maus.« Kopfschüttelnd ging er weiter.

Benommen saßen die beiden da. Zum einen, weil sie überrascht worden waren, zum anderen, weil es nur der Gutmütigkeit Victors zu verdanken war, dass sie zusammenbleiben durften.

»Hab's dir doch gesagt, die meisten Menschen hier sind in Ordnung. Ist sehr anständig von ihm, dich noch die Woche hier zu lassen, was Rapa? Oder soll ich lieber Miere zu dir sagen?«, grinste er.

Rapa war mit einem Mal sehr ernst. »Nein, ist schon gut. Vielleicht ...« Sie schaute fragend. »Vielleicht will ich gar nicht fort zu diesem Deutschland.«

»In dieses Deutschland. Doch das willst du. Weil es deine einzige Chance auf ein gutes Leben ist, mein Mädchen. Weil es da Menschen gibt, die sich wirklich kümmern können, die uns haben wollen. Von gutem Futter und Medizin, wenn du krank bist, ganz zu schweigen.«

Rapa spürte, in diesem Punkt war Carols Meinung unerschütterlich. Jetzt konnte sie nur noch einige Tage mit ihrem alten Freund verbringen.

Es wurde trotz Kälte, kargem Futter und Rangeleien im Shelter eine gute gemeinsame Zeit. Keiner sprach vom Abschiednehmen.

Als der Transporter auf das Gelände fuhr, entstand ein heilloses Durcheinander. Alle Hunde bellten aufgeregt durcheinander. Männer und Frauen eilten zwischen Gebäude und Freigelände umher. Hundeboxen wurden beladen, in das Fahrzeug gestapelt. Rapa, die sich rasch hinter der Hütte versteckt hatte, hoffte, vergessen zu werden. Aber Victor kam und verstaute sie ohne Zögern in einer Transportbox.

»Da Kleine, hier was Feines.« Lachend steckte er ihr ein kleines, fein duftendes Stückchen Fleisch zu. Während sie sich noch die Lefzen leckte, fuhr der Transporter vom Gelände. Es schaukelte ordentlich. Rapa versuchte, etwas zu erkennen, doch das Schwanken, die fremden Gerüche nach Plastik, Draht, Hundeangst und Benzin wurden ihr bald zu viel.

Carol wo bist du? Warum hast du dich verdrückt. Ich konnte nicht mal Abschied nehmen von meinem einzigen Freund, warum ... wo ... was war in dem Fleisch?

Dann hatte es sie weggerafft. Die Fahrt ins neue Land verschlief sie in einem gnädigen Schlaf, dafür hatte Victor gesorgt.

NEUN

Die folgenden Tage waren für Rapa voll nervöser Unruhe. Sie fand sich wieder in einem anderen Tierheim, umgeben von fremden Hunden, fremden Gerüchen, fremden Menschen.

Dann fuhr sie jemand in einem Wagen weg, diesmal saß sie ganz allein auf der Rückbank. Sie hielten vor einem fremden Haus, der Fahrer hob sie hoch, übergab sie einer jungen Frau. Ein merkwürdiger Mann, der seltsam roch, pikste sie mit einer Nadel, begutachtete Zähne und Ohren. Spendierte dann allerdings einen feinen Happen, sodass sie ihm das verzieh.

»So, schon fertig. Gleich darfst du zu deinem Frauchen, kleine Dame«, sagte der merkwürdige Mann.

Rapa wunderte sich. *Der ist ja durch den Wind, meine Güte. War der vielleicht auch in einem Shelter? Welches Frauchen, ich kenne kein Frauchen. Und überhaupt wird man hier nur rumgeschubst?*

Weiter ging es im Wagen, wieder hielt der Fahrer vor einem fremden Haus.

Ich glaube, ich sollte mich verdrücken, dieses Rumgefahre ist ja furchtbar. Ich möchte ein Zuhause, endlich bleiben können. In der Schlucht wusste ich wenigstens, wo mein Platz war.

Eine alte Dame öffnete die Autotür, sah sie freundlich an und streichelte ganz zart ihren Kopf.

»Da bist du endlich, meine Kleine. Hab keine Angst, alles ist gut. Komm raus, Max und Moritz warten schon auf dich.«

Max und Moritz? Hilfe ...

Rapa sprang aus dem Wagen.

»So, nun zeige ich dir dein neues Zuhause. Erst geht es mal rein hier.«

Sie betraten ein großes schönes Haus. Max und Moritz stellten sich als Dackelmischlinge heraus, die das beste Alter schon hinter sich hatten.

»Oh, der Neuzugang«, stellte Moritz fest.

»Mir wurscht, Hauptsache sie frisst mir nichts weg«, meinte Max.

»Netter Empfang Jungs, ihr mich auch!«

»He, du bist aber frech.« Moritz schnupperte an ihr.

Rapa richtete sich stolz auf. »Ich komme aus einem Shelter in Rumänien, ihr Zwerge.«

Das Frauchen ermahnte die beiden Dackel: »Dass ihr mir ja lieb seid zu Rapa, sie ist aus dem Tierheim und hat noch viel Angst.«

Was? Von was redest du? Wer hat Angst? Rapa verstand die Welt nicht mehr.

»Ich krieg mich nicht mehr ein. Unser liebes Frauchen checkt das nicht. Die und Angst, ich glaub´s ja nicht.« Max wälzte sich auf dem Boden.

»So ist es recht, mein Lieber. Nur Rapa keine Angst machen.« Frauchen überlegte.

»Wir ändern den Namen, kleiner Schatz. Rapa, das klingt komisch, so hart. Passt nicht zu dir. Passt nicht, gar nicht, nein. Vielleicht Beauty, du bist ja eine kleine Schönheit.« Verliebt schaute sie Rapa an. »Nein«, rief sie plötzlich. »Ich hab´s, deine Augen. Sie sind honigfarben. Honey, wir nennen dich Honey, meine Süße. Was sagst du dazu?«

Nix sag ich dazu. Gar nix. Wie oft wollt ihr Menschen mich eigentlich noch umbenennen? Jeder hat eine andere Idee. Wie ist das denn bei euch, Leute? Wie wäre es, wenn ihr andauernd andere Namen bekommen würdet? Wie fändet ihr das, he?

Doch da war noch eine andere Stimme in ihrem Kopf. Sie hörte Mihai, wie er sagte: »Willkommen! Honig aus der Schlucht.« Traurig senkte sie den Kopf.

Moritz flüsterte Max zu: »Die ist jetzt sauer, merkst du das? Pass bloß auf, ich glaub´ mit der ist nicht gut ...«

»Solange sie nicht an meinen Napf geht, is‘ mir des wurscht«, meinte Max der Verfressene und ließ sich ins Hundekörbchen fallen.

»Nein, nein, das ist doch das Plätzchen für die kleine Honey«, rügte Frauchen prompt.

Na, dachte Honey, *die ist nicht so übel. Falls sie mich in Ruhe lässt ...*

Da täusche sie sich aber gründlich. Dieses Frauchen versuchte sie zu erziehen, wie es schon Max und Moritz erzogen hatte. Honey durfte dies nicht, sollte jenes unterlassen. Wurde gerügt, weil sie nichts von den beiden Hundekollegen wissen wollte, weil sie nach Herzenslust draußen buddelte. Kurz - weder dieses Frauchen noch sie selbst waren wirklich glücklich miteinander.

Einige Monate vergingen, bis etwas Entscheidendes passierte. Frauchen hatte einen Unfall, verletzte sich am Bein. So blieb es nicht aus, dass eine Haushaltshilfe eingestellt wurde, die alles auf Vordermann brachte. Diese ständige Unruhe, die das mit sich brachte, irritierte Honey so sehr, dass sie sich bei jeder nur denkbaren Gelegenheit zurückzog. Überall fand sie Verstecke. Mal unter dem Sofa, hinter Türen oder Vorhängen – kurz, es gab kaum eine Ecke im ganzen Haus, die Honey nicht nutzte. Frauchen merkte bald ein gewisses Entfremden und dass sie keine Kraft mehr hatte für dieses besondere Hundefräulein.

Da sie Honey sehr liebgewonnen hatte, beschloss sie - schweren Herzens - ein anderes geeigneteres Plätzchen für sie zu suchen.

Diese Suche gestaltete sich allerdings schwieriger als geahnt. Immer wieder kamen Kandidaten, die sich als nicht kompetent genug erwiesen. Fast wollte Frauchen schon aufgeben. Was aber sollte aus Honey werden, wenn sie nicht mehr für sie sorgen konnte? Dieser Gedanke quälte sie so sehr, dass sie einen letzten Versuch mit einer sehr hundeerfahrenen Familie wagte.

»Pass auf, meine Süße. Heute kommen nette Menschen, die sich genau so ein liebes Hundchen wünschen, wie du eines bist.« Frauchen seufzte.

Nicht schon wieder. Ich will meine Ruhe. Außerdem bin ich kein liebes Hundchen, das siehst du ganz falsch. Immer diese Besichtigungen. Ich bin doch kein Gemälde, das zum Verkauf steht ...

Als es läutete, stimmten Max und Moritz, wie gewohnt, ein Bellkonzert an. Menschenstimmen drangen vom Flur herein. Honey postierte sich in der Raummitte.

Denen zeig ich gleich, wer hier das Sagen hat.

Frauchen kam mit zwei Männern und einer Frau herein. Während sie auf Honey zeigte, meinte sie: »Sie ist halt sehr schüchtern, man muss ihr wirklich Zeit lassen.«

Meine Güte, Frauchen. Du hast es immer noch nicht erfasst. Naja, du meinst es gut, bin dir nicht böse. Mal schauen, ob diese Mannschaft da mehr draufhat.

Die fremde Frau näherte sich langsam, ging in die Hocke, schaute Honey in die Augen und flüsterte: »Hallo Honey. Du bist aber eine Hübsche.«

Ja, das hör ich öfter, hast du sonst noch was im Angebot?

»Wenn Sie bitte Platz nehmen«, hörte sie Frauchen hinter sich.

Jetzt setzen die sich echt hin. Was ist mit mir, Leute, seid ihr nicht meinetwegen gekommen, he?

Honey wunderte sich. Alle anderen waren sofort aufdringlich gewesen, wollten sie streicheln und setzten ihr so zu, dass sie sich so rasch wie möglich verdrückte. Nun beachteten diese Leute sie gar nicht, unterhielten sich bestens mit Frauchen. Sie streichelten sogar Max und Moritz, die sich natürlich sofort angewanzt hatten.

Langsam kam Honey näher.

Mal sehen, wie der junge Mann da riecht. Er schaut immer verstohlen her zu mir, das gefällt mir.

Vorsichtig schnüffelte sie an seinem Hosenbein.

Verblüfft hielt sie still. Der junge Mann kraulte sie wie selbstverständlich hinter den Ohren. Damit hatte sie nicht gerechnet. Und wie der kraulte, ein Fachmann. Dann gab es auch noch ein Leckerli.

Na, der ist in Ordnung. Kraul weiter, das mag ich.

»Schau doch Robert, den Felix mag sie schon.« Die fremde Frau schien begeistert.

Aha, Felix heißt der Knabe. Gut so. Noch ein Leckerchen wäre angebracht, Felix. Ja, genau so. Na, du scheinst tatsächlich okay zu sein. Und wie riecht die Frau da?

»Ah, habt ihr es gesehen? Sie kam ganz von selbst zu mir her«, freute sich die Frau.

Das ist meistens so bei mir, Süße. Entweder komm ich her oder ich komm nicht her. Immer von selbst.

Honey erfuhr im Laufe dieses Nachmittages nicht nur die Namen dieser Leute (die Frau hieß einmal Mama und einmal Lisa), sie hörte von weiteren angeblichen Eigenschaften, die Frauchen ihr zuschrieb, und wurde schließlich in ein fremdes Auto verfrachtet.

Weil aber dieser Felix neben ihr saß, sie während der Fahrt streichelte und freundlich ansprach, blieb sie relativ entspannt.

Mal sehen, was da auf mich zukommt, wenn es mir gar nicht passt, verschwinde ich einfach.

Obwohl sie Autofahren eigentlich mochte, blieb Honey wachsam, sah während der Fahrt ständig aus dem Fenster, um sich die Umgebung einzuprägen. Nein, das hier kannte sie nicht, es schien eine größere Stadt zu sein. Als sie vor einem weißen Haus mit Vorgarten hielten, sah das gar nicht so übel aus.

Felix hob sie aus dem Auto, setzte sie behutsam im Haus ab und meinte: »Das ist jetzt dein Zuhause, Kleine. Nun sieh dich erstmal um.«

»Ja, ja, wir müssen sie in Ruhe lassen, sie braucht jetzt Zeit«, hörte sie Lisa.

»Natürlich, das wird dauern. Schau dich um Honey.« Das war Robert.

»Da hinten«, Lisa deutete zum Sofa, »da steht dein Körbchen, schau mal.«

Robert: »Hier, Kleine, ein Leckerli.«

»Nun, lasst sie in Ruhe, sie muss sich erst alles ansehen«, hörte sie Felix.

Du meine Güte, die sind ja aufgeregter als ich. Wenn das so weitergeht ... das halte ich nicht aus. Wo ist jetzt dieses Körbchen - vielleicht geben sie dann Ruhe.

Honey schnupperte sich durch das Wohnzimmer. Das Körbchen neben der Couch war ganz okay. Die Couch selbst aber sah viel gemütlicher aus. Mit einem Sprung war sie oben, was Felix mit einem Lachen quittierte. Er lümmelte sich daneben, kraulte sie fachmännisch hinter den Ohren.

Ahhh, du machst das gut, mein Lieber. So, jetzt den Bauch noch ... herrlich.

»Das geht aber nicht. Wenn wir das einmal anfangen, bekommen wir sie nicht mehr von der Couch runter«, schimpfte Lisa. »Robert, sag was! Felix ...«

»Deine Mama hat recht, sie soll nicht auf die Couch. Sie hat ihr Plätzchen hier.« Robert zeigte auf den Hundekorb.

Och nee, grad war es so schön. Hab jetzt keine Lust auf dieses Körbchen.

Honey sprang vom Sofa, schnupperte vor zur Treppe.

»Komm, Honey, schau mal da, hier geht es hinauf«, lockte Felix sie. Honey folgte ihm, doch dann erstarrte sie.

Er stieg die ersten Stufen hoch, hielt ihr ein Leckerli hin. »Na, komm her, Kleine, hier geht´s nach oben.«

In Honey läutete es Sturm. *Gefahr, Gefahr ... von oben droht G e f a h r.*

Dieser Gedanke füllte sie aus, ihre Nackenhaare stellten sich auf, sie wich zurück. Seit sie damals in der Schlucht mit Steinen beworfen worden waren, ließ Honey das *OBEN*, ganz egal, wo es auch war, nie aus den Augen. Selbst auf Schatten konnte Schlimmes folgen, das hatte sich ihr eingeprägt.

»Nein, nein, du musst ja nicht, alles gut.« Lisa streichelte sie. »Wer weiß schon, was die arme Kleine alles erlebt hat.«

Du bist auch okay, Mama Lisa, dachte Honey dankbar.

Robert, der gerade an der Treppe zum Souterrain stand, wollte sie ablenken. »Schau mal, Honey. Vielleicht gefällt dir das besser, hier unten ist ...« Weiter kam er nicht.

Unten ist gut, unten bedeutet Höhle, Schlucht, Schutz. Das ließ sie sich nicht zweimal sagen.

»Das gibt´s doch nicht.« Lisa schüttelte den Kopf. »Habt ihr das gesehen, wie schnell sie unten war?«

Felix lachte. »Wenn ihr nicht aufpasst, habt ihr einen Kellerhund.«

»Nein, das will ich nicht, so gewöhnt sie sich nicht an uns.« Lisa war besorgt.

Jetzt nahm Robert die Sache in die Hand: »Lasst sie einfach in Ruhe. Erst darf sie alles erkunden, dann hol ich sie rauf und wir stellen was vor die Treppe, damit sie bei uns bleibt und sich eingewöhnt.«

Gesagt, getan, schon am nächsten Tag hatte der frischgebackene Hunde-Papa eine Kindersicherung gebastelt. Damit nicht genug. Als Vater und Sohn sahen, dass Honey auch im Wohnzimmer Gefahren von oben vermutete, bauten sie ihr um das Körbchen herum eine Höhle aus Holz.

Sind gar nicht übel, diese Männer hier, dachte Honey. Auch das neue Frauchen schien brauchbar zu sein. Stets machte sie ihr feine Fresschen, die sie ihr mit den Worten: »So, hier kommt was Leckeres für meine kleine Maus«, hinstellte.

Allmählich dämmerte es Honey, dass sie es gut getroffen hatte mit dieser Familie. Sogar ihren Namen durfte sie behalten, wurde nicht umgetauft. Frauchen hatte das entschieden. »Das ist ihr Name, so heißt sie und basta. Außerdem passt Honey super zu ihren wunderschönen braunen Augen.«

Sieht so aus, als wäre ich endlich bei den richtigen Menschen gelandet. Wie lange sie mich wohl behalten werden? Menschen behalten einen ja nie sehr lange, bringen einen ins Tierheim oder zu anderen Menschen. Ist vermutlich so, wie der Bauer bei Gita gesagt hat: Wenn man zu nichts nütze ist, wird man nicht gebraucht.

Wie könnte ich für diese Menschen nützlich sein? Ich kann doch nichts. Sie machen alles für mich, ich aber nichts für sie.

»Was schaust du denn so traurig, mein kleiner Schatz?«

Ach, Frauchen ...

»Na, komm her du Süße, lass dich knuddeln.«

Einige Monate später gab es eine Riesenaufregung. Honey war sofort alarmiert.

Irgendetwas stimmt da nicht. Es wird gepackt und geräumt. Muss ich fort? Nein, bitte, ich will hier nicht weg! Warum darf man nirgends bleiben? Mir geht es hier so gut, alle mögen mich, hab mich noch nie so wohl gefühlt wie mit diesen Menschen. Lasst mich doch ...

»Hey, hört mal auf mit dem Herumgeräume. Unsere Honey ist schon ganz verstört.« Frauchen nahm sie hoch. »Unser Sohnemann, dein junges Herrchen, zieht aus, meine Kleine. Schau, das ist ganz gut so. Er ist erwachsen, das passt schon. Sicher kommt er uns besuchen, weißt du? Alles ist gut, mein kleiner Schatz.«

Honey war trotzdem verunsichert, sie spürte Frauchens Traurigkeit hinter den tröstenden Worten.

Aber, aber, er ist doch kein Hund. Warum muss er denn weg? Versteh ich nicht, ist er nicht sicher hier? Ihr liebt ihn, das fühle ich. Wenn der Bauer nicht gewesen wäre, hätte ich Gita nie verlassen ...

Traurig kroch sie in ihr Höhlenkörbchen. Sicher musste auch sie fort. Wenn nicht einmal Menschenkinder bleiben durften. Wo sollte sie hin, was hatte sie denn falsch gemacht?

»Was hast du bloß, kleine Maus?« Felix setzte sich zu ihr, streichelte sie liebevoll. »Man könnte meinen, du bist traurig, weil ich ausziehe, hm?« Er lachte. »Dabei könnte es höchstens für meine Oldies etwas seltsam werden - irgendwann. Ja, das könnte es. Zum Glück haben wir dich, kleines Fräulein, was? Du lenkst sie ab, sie haben einen Narren an dir gefressen, gottlob. Ist echt gut, dass sie dich haben. Deine Adoption kam genau zum richtigen Zeitpunkt.« Er nahm ihren Kopf in beide Hände und flüsterte: »Pass mir gut auf die beiden auf, hörst du? Das ist sehr, sehr wichtig. Sie brauchen dich jetzt.«

Honey verstand die Welt nicht mehr. Sie sollte gar nicht fort von hier, im Gegenteil. Der Menschenwelpe Felix hatte wohl bisher auf Lisa und Robert aufgepasst. Weil er wegging, sollte sie jetzt aufpassen, das sei sehr, sehr wichtig, hat er gesagt.

Sie würde aufpassen, und wie sie aufpassen würde. Endlich hatte sie eine Aufgabe, wurde gebraucht. Wenn man eine Aufgabe hatte, war man nicht unnütz.

In ihr jubelte es: *Ich bin nicht unnütz, ich habe eine Aufgabe. Eine Aufgabe. Eine wichtige Aufgabe! Robert und Lisa brauchen mich. Bitte, bitte braucht mich für immer.*

ZEHN

Der Auszug von Felix veränderte einiges im Haus. Nicht nur, dass es ruhiger wurde, es fehlte Honey jemand, der sie fachmännisch kraulte und mit ihr herumalberte.

Robert und Lisa erwiesen sich jedoch als perfekte Adoptiveltern. Sie ließen nichts unversucht, ihr ein gutes Leben zu bieten. Bald hatte sich ein festes Ritual eingespielt, was Honey sehr mochte. So ging am Morgen Lisa mit ihr Gassi, nachmittags dann Robert. Waren es mit Lisa meistens entspannte Schnupperrunden, bei denen sie erfuhr, wer aus dem Viertel schon da gewesen war, ließ Robert sie oft frei laufen. Dann jagte sie über die Wiesen und Felder, dass die Erdschollen nur so flogen.

Es war an einem dieser Sonntagnachmittage, an denen Herrchen und Frauchen gemeinsam herrlich lange Spaziergänge mit ihr machten. Sie waren auf dem Nachhauseweg, da ließ Herrchen sie nochmal von der Leine. Übermütig rannte sie übers Feld, schnupperte nach Mäusen. Da fuhr ihr ein besonderer Duft so heftig in die Nase, dass alles andere blockiert war.

Das ist Kadavergeruch, auf jeden Fall etwas Größeres. Ich muss schnell sein, bevor meine Menschen es entdecken.

Sie sauste los und schnappte sich blitzschnell ein Stück des toten Wildes. Bevor sie aber den zweiten Bissen schlucken konnte, hörte sie Robert schreien: »Aus, nein. Honey, aus, aus.« Wild gestikulierend kam er angerannt, riss ihr das Beutestück aus dem Maul und schimpfte aufgebracht: »Pfui, pfui, Honey, nein, nein. Wenn du das frisst, wirst du krank. Ekelhaft ist das. Pfui.«

Ja, pfui, pfui. Ihr habt gut reden. Diese Sachen haben mich nicht nur einmal vor dem Verhungern gerettet, früher. Jetzt krieg ich gutes Fresschen ... Eigentlich wahr, aber mir schmeckt das Kadaverzeug trotzdem. Ich bin ein Hund. Frauchen gibt mir feines Zeug, sie wird es nicht verstehen, dass mir sowas schmeckt.

Schuldbewusst schaute sie zu Frauchen auf.

»Schau mal, sie ist traurig. So schimpf doch nicht gar so böse mit ihr«, versuchte Lisa Robert zu beruhigen.

Herrchen brummte nur: »Das ist ein Stück von einem Reh. Das Tier kam vermutlich über die Gleise da, der Kadaver liegt jedenfalls schon länger hier. Davon kann die Kleine krank werden. Das darf sie nicht fressen.«

Honey war wieder versöhnt, schnüffelte weiter.

Schau ich mich eben woanders um. Was hör ich denn da?

Sie konnte ihn riechen, den erdigen Gesellen, hörte, wie er sich nach oben schaufelte. Wenn sie sich nicht bewegte, kam er direkt auf sie zu.

Die Ohren aufgestellt, alle Glieder angespannt, stand sie reglos da. Ein Sprung aus dem Stand, ihre Schnauze pflügte durch Erdschollen, und als sie aufschaute, zappelte etwas ihn ihrem Maul.

»Nein!« Diesmal schrie Lisa. »Aus, Honey, aus. Robert, sie hat was gefangen, was Größeres, schnell.«

Robert sprintete auf sie zu.

Wusste gar nicht, dass der so rennen kann, dachte Honey verwundert. Schon war er bei ihr, nahm ihr die Beute ab.

Wieder nichts. Heute passt ihnen aber auch gar nichts.

Während sie zu Frauchen schlich - vielleicht gab es ja im Austausch ein Leckerli - sah sie, wie Herrchen das Zappelding absetzte.

»Was war es denn«, fragte Lisa.

»Ein Maulwurf.«

»Lebt er noch?«

»Ja, ja, er ist gleich abgetaucht.«

»Wie gut, dass du ihn retten konntest, Robert.«

Frauchen, nun ist aber gut. Robert ist nicht der Held, er hat mir die Beute bloß abgenommen. ICH habe den Burschen erwischt, ich ganz allein.

Lisa beugte sich zu Honey: »Du kleine Jägerin. Wolltest du uns etwa ein Geschenk machen? Machen das nicht eigentlich nur Katzen?«

Natürlich wollte ich euch kein Geschenk machen, ganz bestimmt nicht, ihr Ahnungslosen. Der leckere Happen hätte mir gut geschmeckt. Mir, mir, mir ...!

An diesem Abend war Honey zum ersten Mal, seit sie bei Robert und Lisa war, so richtig schlecht.

»Was hast du bloß, mein kleiner Liebling?«, fragte Lisa. Sie ging in die Hocke mit dem Futternapf und streichelte sie. »Das ist was extra Feines, mit Huhn und Karotten, das magst du doch so gerne.«

Schlecht ist mir, geh bloß weg. Gleich muss ich ...

Und da passierte es. Ein unaufhaltsamer Schwall kam aus Honeys Maul, landete mitten auf den Teppich.

Lisa wurde blass und rief nach Robert. Der entfernte die Bescherung, wischte und putzte und schimpfte vor sich hin. »Ich dachte mir schon, dass sie was runtergeschlungen hat. Kein Wunder, dass ihr so schlecht ist, kein Wunder.«

Lisa war nur besorgt um ihre Kleine. »Es ist ein echtes Dilemma, dieses Gassigehen«, sagte sie. »Lässt man Hunde nicht frei laufen, sind sie ein Leben lang angebunden, also unfrei. Gibt man ihnen dieses Stückchen Freiheit, erwischen sie leicht was Verdorbenes oder noch Schlimmeres.«

Robert lenkte ein, er war für Freiheit. »Wie oft hat sie denn was Schlimmes erwischt?«, fragte er.

»Heute war das erste Mal.«

»Na, siehst du. Wir müssen besser aufpassen, wenn sie frei herumläuft.«

Es folgte eine schlimme Nacht, in der es Honey richtig schlecht ging. Lisa fand keine Ruhe, sie setzte sich an das Körbchen, streichelte das Hundebäuchlein und flüsterte: »Wird alles gut, meine Kleine. Bald geht es dir besser. Es muss dir wieder besser gehen, dein Frauchen braucht dich. Jetzt mehr denn je, viel mehr. Wo unser Kind das Nest verlassen hat.« Sie schluchzte plötzlich.

So hatte Honey Frauchen noch nie gesehen. So traurig.

Da hatte Felix recht gehabt, als er sagte, dass sie gebraucht werde. Dass sie aufpassen solle auf diese beiden.

Vor allem muss ich auf Lisa aufpassen. Scheinbar vermisst sie ihren großen Welpen. Frauchen, ich habe nur eine

Magenverstimmung, weil ich was von dem Aas reingeschlungen habe. Daran stirbt man nicht, also ich zumindest nicht.

Sie leckte Frauchen die Tränen weg.

»Ach, du liebes Geschöpf, du.« Lisa war gerührt. »Ich möchte, dass du für immer bei uns bleibst, hast du gehört, kleines Fräulein?«

Und ob sie das gehört hatte. Endlich da bleiben dürfen, wo es einem gutging. Ihr größter Wunsch ging in Erfüllung.

Ich bleibe, bleibe, bleibe bei euch, dachte sie glücklich. *Ich werde auf euch aufpassen und immer da sein, wenn ihr mich braucht.*

Index

EINS 7

ZWEI 23

DREI 35

VIER 39

FÜNF 43

SECHS 53

SIEBEN 65

ACHT 71

NEUN 77

ZEHN 91

Silvana E. Schneider, geboren in Süddeutschland, lebt im Umland von München.

Zunächst im kaufmännisch- betriebswirtschaftlichen Bereich tätig, arbeitete sie nach einem journalistischen Fernstudium als Fachjournalistin im Bereich Kultur.
Neben zahlreichen Publikationen in Zeitungen, Zeitschriften und Verlagsanthologien, sowie der Arbeit als Herausgeberin hat sie auch Lyrik und einige Romane veröffentlicht.

Besuchen Sie die Autorin auf ihrer Homepage:

https://silvanaschneider.de.tl/

Youcanprint

Beendeter Druck in Juni 2024